El misterio de Pale Horse

Biblioteca Agatha Christie

Agatha Christie

El misterio de Pale Horse

Traducción de Ramón Margalef Llambrich

ESPASA

Espasa, un sello editorial de Editorial Planeta, S. A.
Avda. Diagonal, 662-664, 08034 Barcelona (España)
www.espasa.com
www.planetadelibros.com

Diseño de la cubierta: Booket / Área Editorial Grupo Planeta
Ilustración de la cubierta: © David Sierra
Primera edición en Colección Booket: febrero de 2025

Depósito legal: B. 224-2025
ISBN: 978-84-670-7608-0
Impresión y encuadernación: Liberdúplex, S. L.
Printed in Spain - Impreso en España

Biografía

Agatha Christie es conocida en todo el mundo como la Dama del Crimen. Es la autora más publicada de todos los tiempos, tan solo superada por la Biblia y Shakespeare. Sus libros han vendido más de dos mil millones de ejemplares en todo el mundo. Escribió un total de ochenta novelas de misterio y colecciones de relatos breves, más de veinticinco obras de teatro y seis novelas escritas con el pseudónimo de Mary Westmacott. Probó suerte con la pluma mientras trabajaba en un hospital durante la Primera Guerra Mundial, y debutó en 1920 con *El misterioso caso de Styles*, cuyo protagonista es el legendario detective Hércules Poirot, que luego aparecería en treinta y tres libros más. Alcanzó la fama con *El asesinato de Roger Ackroyd* en 1926, y creó a la ingeniosa Miss Marple en *Muerte en la vicaría*, publicado por primera vez en 1930. Se casó dos veces, una con Archibald Christie, de quien adoptó el apellido con el que es conocida mundialmente como la genial escritora de novelas y cuentos policiales y detectivescos, y luego con el arqueólogo Max Mallowan, al que acompañó en varias expediciones a lugares exóticos del mundo que después usó como escenarios en sus novelas. En 1961 fue nombrada miembro de la Real Sociedad de Literatura y en 1971 recibió el título de Dama de la Orden del Imperio Británico, un título nobiliario que en aquellos días se concedía con poca frecuencia. Murió en 1976 a la edad de ochenta y cinco años. Sus misterios encantan a lectores de todas las edades, pues son lo suficientemente simples como para que los más jóvenes los entiendan y disfruten, pero a la vez muestran una complejidad que las mentes adultas no consiguen descifrar hasta el final.

www.agathachristie.com

A John y Helen Mildmay White, con mi agradecimiento por la oportunidad que me dieron de ver cómo se hacía justicia

Personajes

Relación de los principales personajes que intervienen en esta obra.

Mark Easterbrook: Escritor protagonista de esta novela.
Hermia Redcliffe: Maestra, escritora y amiga de Mark.
Poppy: Una amiga de Mark.
Rhoda Despard: Prima de Mark.
Ginger: Restauradora de las London Galleries, buena amiga de Mark.
Lady Hesketh-Dubois: Madrina de Mark.
Ariadne Oliver: Notable autora de novelas policíacas.
Milly: Criada de la novelista Ariadne Oliver.
Mary Delafontaine: Una buena amiga de la novelista Ariadne Oliver.
Thyrza Grey: Una mujer dedicada a la brujería y al espiritismo.
Sybil: La médium del trío espiritista.
Bella Webb: Otra miembro del trío espiritista.
Coppins: Dueña de una casa modesta en la que alquila habitaciones.

Jessie Davis: Mujer enferma que muere en la pensión de Coppins.

Jim Corrigan: Médico investigador.

Lejeune: Detective inspector.

Bradley: Un abogado expulsado.

Venables: Acaudalado solterón, afectado por la poliomielitis.

Luigi: Dueño de un bar en Chelsea.

Thomasina Tuckerton: Joven fallecida en circunstancias aparentemente normales, pero sospechosas.

Padre Gorman: Sacerdote católico asesinado.

Mike Potter: Un chiquillo recadero.

Mrs. Calthrop: Esposa del pastor.

Zachariah Osborne: Farmacéutico del pueblo.

Prefacio

A mi juicio hay dos maneras de acercarse a este extraño asunto de Pale Horse. A pesar del dicho del Rey Blanco es difícil hacerlo con simplicidad. No cabe decir: «Comience usted por el principio, siga hacia el final y, después, deténgase». Porque ¿dónde está el principio?

Para un historiador, esa es siempre la dificultad. ¿En qué momento de la historia se inicia una determinada parte de ella?

En este caso, podría comenzar en el instante en que el padre Gorman se prepara a abandonar su iglesia para atender a una mujer moribunda. O podría empezar antes de todo eso, cierta noche en Chelsea.

Tal vez, puesto que la mayor parte de la narración corre a mi cargo, sea allí donde deba empezar.

MARK EASTERBROOK

Capítulo 1

Relato de Mark Easterbrook

La máquina de café silbaba como una serpiente enfurecida a mis espaldas. El sonido tenía tintes no diré diabólicos, pero sí siniestros. Tal vez, pensé, ocurra lo mismo con todos los ruidos de nuestra época. El intimidante alarido furioso de los aviones de reacción, cruzando el firmamento a una velocidad vertiginosa, el lento y amenazador retumbar del metro acercándose por el túnel, el tráfico pesado que sacude los cimientos de nuestra casa. Hasta los menores ruidos domésticos, por muy beneficiosos que sean, transmiten una especie de advertencia. Los lavavajillas, los frigoríficos, las ollas de presión, las aspiradoras. «Ten cuidado —parecen decir—. Soy un genio puesto a tu servicio, pero si pierdes el control sobre mí...»

Vivimos en un mundo peligroso, eso es, un mundo peligroso.

Removí la humeante taza que tenía frente a mí. Desprendía un olor agradable.

—¿Desea usted algo más? ¿Un bocadillo de beicon y plátano, quizá?

Me pareció una mezcla extraña. Relacioné mentalmente los plátanos con mi niñez, en ocasiones flambeados con azúcar y ron. En mi cabeza, el beicon lo asocio firmemente con los huevos. Sin embargo, allí donde fueres, haz lo que vieres. De modo que asentí y encargué un bocadillo de plátano y beicon.

Aunque vivía en Chelsea (es decir, disponía aquí desde hacía tres meses de un piso amueblado), yo era en todos los demás aspectos un extraño. Escribía un libro sobre ciertas particularidades de la arquitectura mogol, y para el caso hubiera sido lo mismo vivir en Hampstead, o en Bloomsbury, o en Streatham, que en Chelsea. Vivía ajeno al entorno, exceptuando las herramientas de mi oficio, y el barrio me era absolutamente indiferente. Vivía en un mundo propio.

Sin embargo, aquella noche había sido víctima de una de esas repentinas depresiones que todos los escritores conocen.

La arquitectura mogola, los emperadores mogoles, la vida de ese pueblo y todos los fascinantes problemas que planteaban de repente perdieron todo interés. ¿A quién le importaban? ¿Por qué quería escribir sobre ellos?

Releí lo que había redactado. Me pareció uniformemente malo, pobremente escrito y singularmente desprovisto de interés. El que dijo: «La historia es una patraña» (¿Henry Ford?) tenía toda la razón.

Aparté el manuscrito con un gesto de asco, me levanté y consulté mi reloj. Eran casi las once de la noche. Intenté recordar si había cenado. Guiándome por mis sensaciones internas, deduje que no. Almorzar sí, en el Athenaeum. De eso hacía ya mucho rato.

Eché una ojeada al frigorífico. Quedaba un pequeño resto de lengua reseca. La miré sin ilusión. Y así fue como salí a vagabundear por King's Road y acabé entrando en un café con el nombre LUIGI escrito en luces de neón rojas sobre la ventana, y me vi contemplando un bocadillo de beicon y plátano mientras pensaba en las siniestras implicaciones de los ruidos de nuestro tiempo y en sus efectos atmosféricos.

Todos ellos poseían algo en común con mis primeros recuerdos de una pantomima. ¡Davy Jones saliendo del vestuario entre nubes de humo! Escotillones y ventanas que exudaban los infernales poderes del mal, desafiando al Hada Buena o un nombre semejante, quien, a su vez, enarbolaba una triste varita mágica y recitaba, con voz monótona, esperanzados tópicos sobre el triunfo definitivo del bien como prefacio de la inevitable «canción del momento», que nunca tenía nada que ver con la pantomima en cuestión.

De pronto pensé que el mal era, quizá, siempre más impresionante que el bien. ¡Tenía que dar la nota! ¡Tenía que asombrar y desafiar! Era lo inestable atacando a lo estable. Al final, la estabilidad ganaría siempre. La estabilidad parece sobrevivir a la trivialidad del Hada Buena: la voz monótona, los machacones estribillos y la irrelevante afirmación sonora: «Hay un camino sinuoso que baja la colina hasta el viejo pueblo de mis amores». Todas ellas eran armas muy pobres y, sin embargo, prevalecerían inevitablemente. La pantomima terminaría como siempre: una escalera y el elenco bajando por orden de importancia. El Hada Buena, practicando la cristiana virtud de la humildad, no figuraría en primer lugar, ni tampoco en el último, sino que se colocaría en medio de los demás, al lado de su adversario, que ya no sería el terrible Demonio escupiendo vaharadas de fuego y azufre, sino solo un hombre vestido con leotardos rojos.

La máquina de café silbó de nuevo en mi oído. Pedí que me trajeran otra taza y miré a mi alrededor. Mi hermana me tacha siempre de no ser observador, de que nunca advierto lo que sucede a mi lado. «Vives en tu propio mundo», me acusa. En ese momento, con una sensación de virtud, tomé nota de lo que ocurría en torno a mí. Apenas pasaba un día sin que los periódicos publicaran alguna noticia relacionada con los bares de Chelsea y sus clientes. Ahora se me presentaba la oportunidad de estudiar directamente la vida contemporánea.

En el café había poca luz y resultaba difícil ver con claridad. Casi todos los clientes eran gente joven; supuse, vagamente, que pertenecían a la llamada generación *beat*. Las chicas me parecieron lo que me parecen todas las chicas en la actualidad: desaliñadas. Daban también la impresión de ir demasiado abrigadas. Lo advertí cuando hace unas semanas salí a cenar con unos amigos. La muchacha que se había sentado a mi lado tenía unos veinte años. Dentro del restaurante hacía calor, pero ella vestía un jersey amarillo de lana, una falda negra y medias de lana negras. El sudor le estuvo cayendo a chorros por el rostro durante toda la comida. Olía a lana empapada de sudor y también a pelo sucio. Mis amigos decían que era muy atractiva. ¡No para mí! Mi única reacción ante su presencia fue un deseo intenso de arrojarla a una bañera llena de agua caliente, darle una pastilla de jabón y decirle que se pusiera manos a la obra. Lo cual, me imagino, deja bien claro mi desconocimiento de la actualidad. Quizá la causa era haber vivido en el extranjero mucho tiempo. Recordé con placer a las mujeres indias, con las hermosas trenzas negras, los saris de brillantes colores y graciosos pliegues, el rítmico balanceo de sus cuerpos al andar.

Un súbito incremento del ruido me hizo abandonar tan gratos pensamientos. Las dos chicas de la mesa vecina habían iniciado una disputa y los dos jóvenes que las acompañaban intentaban poner paz sin conseguirlo.

De repente, comenzaron a gritar. Una abofeteó a la otra y esta respondió arrancándola de la silla. Forcejearon sin dejar de insultarse como un par de verduleras. La pelirroja tenía el pelo rizado; la otra era una rubia de pelo lacio.

No acerté a adivinar el motivo de la reyerta. Gritos y maullidos se oyeron desde las otras mesas.

—¡Ánimo, muchacha! ¡Dale fuerte, Lou!

El propietario detrás de la barra, un tipo delgado de pobladas patillas y aspecto de italiano, a quien tomé por Luigi, se acercó para intervenir con el más puro acento barriobajero londinense.

—Vamos, vamos. Basta ya, basta ya. Dentro de un minuto tendréis a toda la gente de la calle aquí y a los polis detrás. ¡He dicho basta!

Pero la rubia tenía sujeta a la pelirroja por los pelos y tiraba furiosamente, al tiempo que gritaba:

—¡No eres más que una zorra robanovios!

—¡Zorra lo serás tú!

Luigi y los dos avergonzados acompañantes consiguieron separarlas. En los dedos de la rubia quedaron grandes mechones de pelo rojizo. La muchacha levantó la mano con aire triunfal y luego los arrojó al suelo.

Se abrió la puerta del café y la Autoridad, vestida de azul, se plantó en el umbral y pronunció las palabras de rigor con majestuosa entonación:

—¿Qué pasa aquí?

Inmediatamente, se formó un frente común contra el enemigo.

—Solo nos estábamos divirtiendo un poco —arguyó uno de los jóvenes.

—Eso es —corroboró Luigi—. Un poco de diversión entre amigos.

Con el pie empujó diestramente los mechones debajo de la mesa más cercana. Las dos contrincantes se sonrieron en una falsa amnistía.

El agente los miró a todos con suspicacia.

—Precisamente ya nos íbamos —dijo la rubia dulcemente—. Vamos, Doug.

Menuda coincidencia, eran varias las personas que ya se iban. La Autoridad vigiló su marcha con expresión severa. Sus ojos decían que por esta vez lo dejaban correr, pero que los mantendrían controlados. Se retiraron despacio.

El acompañante de la pelirroja pagó la cuenta.

—¿Te encuentras bien? —le preguntó Luigi a la chica, que se cubría la cabeza con un pañuelo—. Lou debe de haberte hecho daño arrancándote el pelo de raíz.

—No, no me ha dolido —respondió la joven con indiferencia, y sonrió—. Siento lo ocurrido, Luigi.

La pareja se marchó. El bar se quedó prácticamente vacío. Metí la mano en el bolsillo en busca de dinero.

—Una chica muy legal —afirmó Luigi, que miró con aprobación hacia la puerta que se cerraba. Cogió una escoba y barrió los mechones pelirrojos detrás del mostrador.

—Tiene que haberle dolido muchísimo.

—Si me lo hubieran hecho a mí, habría chillado —admitió Luigi—. Pero Tommy es de fiar.

—¿La conoce bien?

—Viene por aquí casi todas las noches. Tuckerton. Ese es su apellido. Thomasina Tuckerton, si quiere saber el nombre completo. Pero todos la conocen por Tommy Tucker. Está forrada. Su padre le dejó una fortuna, y va y ¿qué es lo que hace? Viene a Chelsea, vive en una habitación cochambrosa cerca del puente de Wandsworth, y va por ahí con una pandilla que hace lo mismo. Lo que no entiendo es que casi todos son gente de pasta. Pueden tener todo lo que quieran y vivir en el Ritz. Pero parecen divertirse viviendo como viven. Me supera.

—¿Usted no vivió nunca así?

—¡Soy un tipo sensato! —exclamó Luigi—. Me ayudan a ganar dinero.

Le pregunté cuál había sido el motivo de la pelea mientras me levantaba.

—Tommy le ha quitado el novio a la otra. Y no vale la pena pelear por ese tipo, ¡créame!

—La otra chica no pensaba así.

—Es que Lou es muy romántica —respondió Luigi, indulgente.

Aquella no era mi idea del romanticismo, pero me callé.

Debió de ser una semana más tarde cuando me llamó la atención un nombre en las columnas de necrológicas de *The Times*.

TUCKERTON. El 2 de octubre, en el hospital de Fallowfield, Amberley, Thomasina Ann, de veinte años de edad, hija única de Thomas Tuckerton, de Carrington Park, Amberley, Surrey. Funeral privado. Se ruega no enviar flores.

Nada de flores para la pobre Tommy Tucker, ni grandes emociones en Chelsea. Sentí de improviso una pasajera compasión por las Tommy Tucker de nuestro tiempo. Después de todo, me dije, ¿cómo sabía que mi punto de vista era el más acertado? ¿Quién era yo para tildarla de vida desperdiciada? Tal vez mi vida, la discreta vida de un erudito, inmerso en los libros, aislado del mundo, fuera la desperdiciada. En realidad, una vida de segunda mano. Seamos sinceros, ¿me divertía? Una idea nada familiar. Lo cierto era que no quería diversiones. ¿O quizá sí las quería? Una idea poco habitual y no muy bien escogida.

Desterré a Tommy Tucker de mis pensamientos y volví a concentrarme en mi correspondencia.

La carta más importante era de mi prima Rhoda Despard, que me pedía un favor. Aproveché la ocasión porque esa mañana no me sentía con ganas de trabajar y era una excelente excusa para posponerlo.

Fui a King's Road y cogí un taxi que me llevó a la residencia de una amiga mía, Mrs. Ariadne Oliver. Ariadne era una famosa escritora de novelas policíacas. Su criada, Milly, era el eficiente dragón que defendía a su señora de los ataques del mundo exterior.

Enarqué las cejas inquisitivamente en una muda pregunta. Milly asintió con vehemencia.

—Vale más que suba usted de inmediato, Mr. Mark.

Hoy está de muy mala gaita. Tal vez consiga que cambie de humor.

Subí dos tramos de escaleras, di unos golpecitos en la puerta y entré sin esperar respuesta. El cuarto de trabajo de Ariadne era de grandes dimensiones, con las paredes empapeladas con exóticos pájaros que anidaban en un follaje tropical. Ariadne, en un estado aparentemente rayano en la locura, iba de un lado a otro, mascullando sin cesar. Me miró sin el menor interés, y continuó paseando. Su mirada ciega pasó sucesivamente por las cuatro paredes y la ventana, y sus ojos se cerraron varias veces en lo que parecía una expresión agónica.

—¿Por qué? —le preguntó Ariadne al mundo—. ¿Por qué el idiota no dice enseguida que vio la cacatúa? ¿Por qué no iba a verla? ¡Si era inevitable! Ahora bien, si lo menciona, lo echa a perder todo. Tiene que haber un modo, tiene que haberlo.

Gimió, se desgreñó el corto cabello gris y se lo tironeó frenéticamente. De pronto, su mirada me enfocó.

—Hola, Mark. Me voy a volver loca —dijo, e inmediatamente reanudó sus quejas—. Y luego está Mónica. Cuanto más amable quiero hacerla, más irritante se vuelve. ¡Qué muchacha más estúpida! ¡Y presumida! Mónica... ¿Mónica? Creo que este nombre es un error. ¿Nancy? ¿No le iría mejor Joan? Todas se llaman así. Con Anne ocurre lo mismo. ¿Susan? Ya tengo una Susan. ¿Lucía? *¿Lucía?* Creo que ya veo a Lucía: pelirroja, con un polo de cuello alto. ¿Mallas negras? Medias negras, en cualquier caso.

Este momentáneo destello de alegría fue eclipsado por el recuerdo del problema de la cacatúa. Ariadne volvió a sus alocados paseos, cogiendo al paso cosas de las mesas sin verlas, para depositarlas luego en otro sitio.

Metió sin mucho cuidado la funda de las gafas en una caja lacada que ya contenía un abanico chino y exhaló un profundo suspiro.

—Me alegro de que seas tú.

—Eres muy amable.

—Podía haber sido cualquiera: alguna necia empeñada en que ayude a un bazar benéfico o el hombre de la póliza de seguros que no quiero tener, o el fontanero, aunque esto último habría sido demasiada suerte. O alguien pidiendo una entrevista para hacerme las embarazosas preguntas de siempre. ¿Qué es lo que le llevó a usted a escribir? ¿Cuántos libros lleva escritos? ¿Cuánto dinero ha ganado? Etcétera. Nunca sé qué responder y esto me hace parecer tonta. Claro que ninguna de esas cosas tiene importancia, porque lo que a mí me vuelve loca es el asunto de la cacatúa.

—¿Algo que no cuadra? —le pregunté comprensivo—. Quizá sea mejor que me marche.

—No, no lo hagas. En todo caso eres una distracción.

Acepté el dudoso cumplido.

—¿Quieres un cigarrillo? —preguntó Ariadne en un vago gesto de hospitalidad—. Por ahí hay un paquete. Mira en la tapa de la máquina de escribir.

—Tengo los míos, gracias. Toma uno. ¡Oh, no! Tú no fumas.

—Ni bebo. Me gustaría hacerlo. Como esos detectives estadounidenses que siempre tienen a mano una botella de whisky en el cajón. Eso resuelve todos los problemas. ¿Sabes, Mark? En realidad, no comprendo cómo alguien en la vida real puede cometer un crimen y librarse. Yo creo que desde el momento en que cometes un asesinato todo el asunto es evidente.

—Tonterías. Tú los has cometido a docenas.

—Cincuenta y cinco por lo menos. El asesinato en sí es fácil y sencillo. Lo difícil es ocultarlo. ¿Cómo puede ser otra persona que no seas tú? Si cantas como una almeja.

—No en el producto acabado.

—¡Ah, pero lo que me cuesta!... —manifestó Ariadne sombríamente—. Di lo que quieras, pero no es normal que cinco o seis personas estén en el lugar del crimen cuando B es asesinado, y todas tengan un motivo para matarlo, a menos que B sea una persona repugnante y odiosa, en cuyo caso a nadie le importará un bledo que lo hayan asesinado o quién lo hizo.

—Me hago cargo de tu problema. Pero si lo has resuelto triunfalmente cincuenta y cinco veces, seguro que lo conseguirás de nuevo.

—Eso es lo que me repito continuamente. Sin embargo, no acabo de creérmelo, y por eso estoy angustiada.

Volvió a tirarse del pelo.

—No hagas eso. Te lo vas a arrancar.

—Tonterías. El pelo es muy fuerte. Aunque cuando pasé el sarampión con mucha fiebre, a los catorce años, se me cayó, sobre todo de delante. Algo vergonzoso. Pasaron seis meses antes de que me volviera a crecer. Es terrible para una niña; las chicas le dan mucha importancia. Lo pensé ayer, cuando visitaba en el hospital a Mary Delafontaine. Se le cae el pelo como a mí. Dijo que usaría una peluca cuando estuviera mejor, a los sesenta años no siempre vuelve a crecer.

—La otra noche vi como una muchacha le tiraba a otra de los pelos hasta arrancárselos —mencioné con un leve acento de orgullo, como alguien que conoce la vida.

—¿Qué lugares has estado visitando últimamente, Mark?

—Sucedió en un bar de Chelsea.

—¡Oh, Chelsea! Supongo que allí todo es posible. *beatniks, sputniks* y la generación *beat*. No he escrito sobre esa gente porque tengo miedo de utilizar mal los términos. Es más seguro seguir con lo que una ya conoce.

—¿Por ejemplo?

—Gente en cruceros y en hoteles, lo que ocurre en hospitales, parroquias, subastas, festivales musicales, las chicas en las tiendas, comités, mujeres de la limpieza, chicos y chicas que recorren el mundo con un interés científico, dependientes...

Hizo una pausa, falta de aliento.

—Eso parece lo suficientemente amplio para permitirte continuar escribiendo.

—Sin embargo, algún día tendrías que invitarme a un bar de Chelsea, solo para ampliar mi experiencia —manifestó Ariadne con un tono nostálgico.

—Cuando tú digas. ¿Esta noche?

—No, esta noche no. Estoy demasiado ocupada escribiendo, o preocupada porque no puedo escribir. Es lo más fatigoso de escribir, aunque todo es fatigoso, excepto cuando tienes una idea maravillosa y estás impaciente por empezar. Dime, Mark, ¿crees que es posible matar a alguien por control remoto?

—¿A qué te refieres? ¿Apretar un botón y descargar un rayo radiactivo mortal?

—No, no. Nada de ciencia ficción. —Ariadne se detuvo vacilante—. Me refiero a la magia negra.

—¿Figuras de cera con alfileres clavados?

—¡Oh! Las figuras de cera ya están superadas —afirmó Ariadne con desdén—. Pero en África y en las Antillas ocurren cosas extrañas. Todo el mundo lo cuenta. Cómo los nativos caen fulminados. Vudú o *ju-ju*. Ya sabes a lo que me refiero.

Repliqué que el éxito de muchas de esas prácticas se atribuía ahora al poder de la sugestión. La víctima se entera de que el brujo ha dispuesto su muerte y el resto corre a cargo de su subconsciente.

Ariadne dio un resoplido.

—Si alguien me sugiriera que me han condenado a tumbarme y morir, me daría el gustazo de echar por tierra sus expectativas.

Solté una carcajada.

—Por tus venas corre la añeja sangre escéptica occidental y no hay predisposición.

—¿Qué crees que puede ocurrir?

—No sé lo bastante del tema como para juzgar. ¿Quién te ha metido esa idea en la cabeza? ¿Tu nueva obra maestra será *Crimen por sugestión*?

—La verdad es que no. Me arreglo muy bien con el anticuado veneno para ratas o el arsénico. O el infalible instrumento contundente. Nada de armas de fuego si es posible. Son muy complicadas. Pero no creo que hayas venido aquí solo para hablar de mis libros.

—Francamente, no. La verdad es que mi prima Rhoda Despard ha organizado una feria parroquial y quiere...

—¡Nunca más! ¿Sabes lo que pasó la última vez? Organicé una Caza del Asesino y con lo primero que tropezamos fue con un cadáver auténtico. ¡Aún no me he recobrado!

—No es una Caza del Asesino. Solo tienes que sentarte en una tienda y firmar tus libros a cinco chelines cada uno.

—Bueno —dudó Ariadne—. Quizá salga bien. ¿No tendré que pronunciar el discurso de inauguración o decir tonterías? ¿Ni ponerme el sombrero?

Le aseguré que nadie se lo pediría.

—Además, solo serán una o dos horas —añadí para acabar de convencerla—. Después habrá un partido de cricket. No, supongo que no en esta época del año. Un baile infantil, quizá. O un concurso de disfraces...

Ariadne me interrumpió con un grito salvaje.

—¡Eso es! —exclamó—. ¡Una pelota de cricket! ¡Desde luego! Él la ve desde la ventana. La ve volando en el aire, eso le distrae, y no llega a mencionar la cacatúa. Qué suerte que hayas venido, Mark. Eres maravilloso.

—No comprendo cómo...

—Tú tal vez no, pero yo sí. Es complicado y no quiero perder el tiempo en explicaciones. Me he alegrado mucho de verte, pero ahora lo que deseo es que te marches. Cuanto antes.

—De acuerdo. Y lo de la feria...

—Lo pensaré. Ahora no me líes. ¿Dónde demonios he dejado las gafas? Verdaderamente, las cosas desaparecen de una manera...

Capítulo 2

Mrs. Gerathy abrió la puerta de la rectoría con su enérgico estilo habitual. No se trataba solo de responder la llamada del timbre, sino de una maniobra triunfal que expresaba la idea: «¡Esta vez te he atrapado!».

—¿Qué es lo que quieres? —preguntó con tono beligerante.

En el umbral había un niño que no presentaba ningún rasgo sobresaliente digno de ser recordado. Un niño como tantos otros. Se sorbía los mocos porque estaba resfriado.

—¿Es esta la casa del sacerdote?

—¿Buscas al padre Gorman?

—Le necesitan.

—¿Quién? ¿Dónde? ¿Para qué?

—En Benthall Street, número 23. Una mujer dice que se está muriendo. Me ha enviado Mrs. Coppins. Esta es una iglesia católica, ¿verdad? La mujer dice que el pastor no le sirve.

Mrs. Gerathy le tranquilizó en lo referente a este punto esencial, le dijo que esperara y entró en la vicaría. Tres minutos después salió un sacerdote alto y mayor que llevaba en la mano un pequeño maletín.

—Soy el padre Gorman. ¿Benthall Street? Eso cae cerca de la estación de tren, ¿verdad?

—Sí, está solo a un paso.

Echaron a andar juntos. El sacerdote avanzaba deprisa.

—¿Mrs. Coppins? ¿Es ese el nombre?

—Ella es la dueña de la casa, alquila habitaciones. Se trata de una de las inquilinas. Se llama Davis, creo.

—Davis... No sé. No la recuerdo.

—Es una de las suyas. Quiero decir católica. Ha dicho que no quiere al pastor.

El padre Gorman asintió. Llegaron a Benthall Street al cabo de unos minutos. El chiquillo señaló una casa alta y desvencijada, en una hilera de casas igualmente altas y desvencijadas.

—Esa es.

—¿Tú no entras?

—No vivo ahí. Mrs. Coppins me ha dado un chelín por llevar el recado.

—Entendido. ¿Cómo te llamas?

—Mike Potter.

—Gracias, Mike.

—De nada —respondió el niño, y se alejó silbando. La inminencia de la muerte de otra persona no le afectaba.

Se abrió la puerta del número 23 y Mrs. Coppins, una mujer corpulenta de rostro sonrojado, apareció en el umbral. Acogió al visitante con entusiasmo.

—Entre, entre. Yo diría que está muy mal. Debería estar en el hospital, no aquí. He llamado, pero solo Dios sabe cuándo vendrán. La hermana de mi marido tuvo que esperar seis horas cuando se rompió la pierna. Vergonzoso. Esto de la Seguridad Social... Se llevan tus impuestos y, cuando los necesitas, ¿dónde están?

La mujer precedió al sacerdote por las angostas escaleras sin dejar de hablar.

—¿Qué le ocurre?

—Cogió la gripe. Pareció mejorar. Yo diría que salió a la calle demasiado pronto. Anoche volvió que no se aguantaba. La ayudé a acostarse. No quiso comer nada ni que llamara al médico. Esta mañana he visto que tenía mucha fiebre. Se le ha metido en los pulmones.

—¿Neumonía?

Mrs. Coppins, ahora sin aliento, soltó un gemido asmático que pareció ser una respuesta afirmativa. Abrió una puerta y se hizo a un lado para que entrara el padre Gorman mientras anunciaba con una falsa alegría:

—Aquí tiene usted al sacerdote. Ahora se pondrá bien.

El padre Gorman avanzó. La habitación, decorada con viejos muebles victorianos, se veía limpia y ordenada. En la cama, cerca de la ventana, una mujer volvió la cabeza débilmente. El sacerdote vio enseguida que estaba muy enferma.

—Ha venido. No me queda mucho tiempo... —jadeó la mujer—. Semejante maldad... maldad. Tengo que... Tengo que... No puedo morir así. Debo confesar. Mi pecado... grave... grave... —La mirada de la enferma se paseó de un lado para otro. Luego entornó los ojos.

Un monótono recitado salió de sus labios.

El padre Gorman se aproximó al lecho. Habló como había hablado tan a menudo, demasiado a menudo, con palabras reconfortantes, las palabras de su fe. La paz entró en la habitación. La angustia desapareció de los torturados ojos.

El sacerdote terminó de ejercer su ministerio y la moribunda habló de nuevo.

—Hay que detenerlo. Tienen que detenerlo... Usted...

El sacerdote respondió, seguro de sí mismo:

—Haré cuanto sea necesario. Puede confiar en mí.

Poco más tarde llegaron al mismo tiempo un médico y la ambulancia. Mrs. Coppins los recibió con una expresión de lúgubre triunfo.

—Demasiado tarde, como de costumbre. Ha muerto.

El padre Gorman emprendió el regreso con las últimas luces del crepúsculo. Esa sería una noche de niebla. Se detuvo un momento, frunciendo el entrecejo. ¡Qué historia más extraordinaria y fantástica! ¿Cuánto sería producto de la fiebre y el delirio? Desde luego había una parte de verdad, pero ¿cuánto? En cualquier caso, lo importante era elaborar una lista con algunos nombres mientras estaban frescos en su memoria. Los miembros de la asociación de San Francisco se hallarían reunidos a su regreso. Bruscamente entró en una pequeña cafetería, pidió un café y se sentó. Buscó en el bolsillo de la sotana. ¡Ah! Le había pedido a Mrs. Gerathy que cosiera el roto. Como de costumbre, ¡no lo había hecho! La agenda, el lápiz y la calderilla se le habían escabullido por el forro de la prenda. Consiguió recuperar un par de monedas y el lápiz, pero la agenda era más difícil. Le sirvieron el café y pidió si le podrían dar una hoja de papel.

—¿Le servirá esto?

Era una bolsa de papel rota. La cogió y comenzó a escribir lo que recordaba. Tenía mala memoria para los nombres.

La puerta de la cafetería se abrió y entraron tres jóvenes que se sentaron ruidosamente.

El padre Gorman acabó la lista. Dobló el trozo de papel y estaba a punto de guardárselo en el bolsillo cuando recordó el agujero. Hizo lo mismo que en muchas ocasiones anteriores: se lo guardó en un zapato.

Un hombre entró discretamente en el local y tomó asiento en el extremo opuesto. El padre Gorman bebió un sorbo o dos del café aguado por pura cortesía, pagó y se marchó.

El hombre que acababa de entrar pareció cambiar de idea. Miró el reloj como quien se ha confundido de hora, se levantó y salió apresuradamente.

La niebla se hacía cada vez más espesa. El padre Gorman aceleró el paso. Conocía su barrio muy bien. Tomó un atajo siguiendo por la callejuela paralela a las vías del tren. Quizá oyó el rumor de unos pasos a sus espaldas, pero no hizo caso. ¿Por qué habían de preocuparle?

El golpe de la cachiporra le cogió completamente desprevenido. Se tambaleó y cayó de bruces.

El doctor Corrigan entró en el despacho silbando *Father O'Flynn* y se dirigió despreocupadamente al detective inspector Lejeune.

—Lo del padre ya está hecho.

—¿Y los resultados?

—Reservaré los términos técnicos para el forense. A Gorman le machacaron los sesos. Probablemente, el primer golpe lo mató, pero el tipo quiso asegurarse. Un asunto muy feo.

—Sí —asintió Lejeune.

Era un hombre fornido, de pelo oscuro y ojos grises. Aparentaba una calma engañosa, pero sus gestos eran a veces sorprendentemente gráficos y delataban su ascendencia francesa.

—¿Más de lo necesario para un robo? —añadió pensativo.

—¿Fue un robo?

—Es lo que parece. Le volvieron los bolsillos del revés y le arrancaron el forro de la sotana.

—No podían esperar gran cosa —señaló Corrigan—. La mayoría de esos sacerdotes son más pobres que las ratas.

—Le machacaron la cabeza para asegurarse —musitó Lejeune—. Me gustaría saber por qué.

—Existen dos posibles respuestas. El autor del asesinato pudo ser uno de esos jóvenes delincuentes que disfrutan con la violencia. Es una lástima, pero desgraciadamente esos tipos abundan.

—¿La otra respuesta?

El doctor se encogió de hombros.

—Alguien odiaba al padre Gorman. ¿Es eso probable?

Lejeune meneó la cabeza.

—Verdaderamente improbable. Era un hombre popular, muy querido en el barrio. Por lo que he oído decir, carecía de enemigos. El robo también es poco probable. A menos que...

—A menos que ¿qué? ¿La policía tiene alguna pista? ¿Es eso?

—Llevaba algo que no le quitaron, metido en uno de los zapatos.

Corrigan silbó.

—Parece una historia de espionaje.

—Se trata de algo más sencillo. —Lejeune sonrió—. Tenía un agujero en el bolsillo. El sargento Fine habló con el ama de llaves. No parece muy cuidadosa. No se preocupaba de remendarle las prendas. Admitió que el padre Gorman acostumbraba a meterse las notas en el zapato para evitar que se le escurrieran por el forro de la sotana.

—¿Y el asesino no lo sabía?

—¡El asesino no lo pensó! Eso si lo que buscaba era el papel en lugar de calderilla.

—¿Qué había en el papel?

Lejeune abrió un cajón y sacó el trozo de papel arrugado.

—Una lista de nombres.

Corrigan la leyó interesado.

Ormerod
Sandford
Parkinson
Hesketh-Dubois
Shaw
Harmondsworth
Tuckerton
¿Corrigan?
¿Delafontaine?

El doctor enarcó las cejas.

—¡Veo que estoy en la lista!

—¿Alguno de esos apellidos significa algo para usted?

—No.
—¿Conocía al padre Gorman?
—No.
—Entonces no podrá ayudarnos.
—¿Tiene alguna idea del significado de la lista?
Lejeune no respondió directamente.
—A las siete, un chico fue a buscar al padre Gorman. Le dijo que una mujer moribunda pedía un sacerdote. El padre Gorman se marchó con él.
—¿Adónde? Bueno, si es que lo sabe.
—Lo sabemos. No tardamos mucho en averiguarlo. Benthall Street, número 23. La casa pertenece a una mujer llamada Coppins. La enferma era una tal Mrs. Davis. El sacerdote llegó allí a las siete y cuarto, y estuvo hablando con ella una media hora. Mrs. Davis murió momentos antes de que llegara la ambulancia para conducirla al hospital.
—Entiendo.
—Volvemos a localizar al padre Gorman en Tony's Place, una pequeña cafetería. Un local decente, nada sospechoso, que sirve bebidas de poca calidad y que no tiene muchos clientes. El padre Gorman pidió una taza de café. Al parecer buscó algo en el bolsillo y, al no encontrarlo, pidió al propietario, Tony, un trozo de papel. Este es el papel.
—¿Y luego?
—Cuando Tony le sirvió el café, el sacerdote estaba escribiendo algo en el papel. Poco después se marchó y dejó el café casi intacto, de lo que no le culpo. Escribió la lista y la guardó en el zapato.
—¿Nadie más se encontraba en el local?
—Tres muchachos entraron en el establecimiento y

ocuparon una de las mesas. Un hombre mayor se sentó un momento y se marchó sin pedir nada.

—¿Siguió al sacerdote?

—Quizá. Tony no lo vio salir, tampoco se fijó en su aspecto. Lo describió como un tipo corriente, respetable. Un individuo como otros muchos. De talla mediana, cree, abrigo azul oscuro o marrón. Ni muy moreno ni muy rubio. No había ninguna razón para que se fijara en él. No sé qué pensar. No se ha presentado para decirnos que vio al sacerdote en el bar de Tony. Claro que es pronto. Hemos pedido a todos los que vieron al padre Gorman entre las ocho menos cuarto y las ocho y cuarto que se pongan en contacto con nosotros. Hasta ahora solo han respondido dos personas: una mujer y un farmacéutico que tiene el establecimiento por las cercanías. Luego iré a verlos. Dos niños encontraron el cadáver a las ocho y cuarto, en West Street. ¿Sabe dónde es? Es una callejuela junto a las vías del tren. El resto ya lo conoce.

Corrigan asintió. Puso un dedo sobre el trozo de papel.

—¿Qué piensa usted de esto?

—Creo que es importante.

—¿La moribunda le contó algo y después apuntó los nombres en el papel antes de que se le olvidaran? La cuestión es: ¿lo hubiera hecho si se los hubieran dicho bajo secreto de confesión?

—Puede que no. Supongamos, por ejemplo, que esos nombres están relacionados con algo como un chantaje.

—Esa es su idea, ¿no?

—Todavía no tengo ninguna idea formada. Es una hipótesis de trabajo. Esa gente era objeto de un chantaje. La moribunda era la chantajista o sabía del asunto. Yo diría que quizá es un caso de arrepentimiento y el deseo de reparar el daño causado, en la medida de lo posible. El padre Gorman asumió la responsabilidad.

—¿Y luego?

—El resto son conjeturas. Digamos que alguien deseaba que esto continuara indefinidamente. El caso es que alguien sabía que Mrs. Davis se estaba muriendo y que había pedido un sacerdote. Lo demás es deducción.

—Me pregunto —dijo Corrigan mirando el papel—, ¿qué significado tienen los interrogantes en los dos últimos nombres?

—Quizá el padre Gorman no estuviera seguro de recordarlos correctamente.

—Ese Corrigan podría ser también Mulligan —manifestó el doctor con una sonrisa—. Es bastante probable. En cuanto al apellido Delafontaine, es de los que uno recuerda a la perfección o se olvida, si comprende lo que quiero decir. Es extraño que no figure ninguna dirección. —Releyó la lista—. Parkinson los hay a montones. Sandford es muy corriente. Hesketh-Dubois, tiene un poco de trabalenguas. No puede haber muchos.

Llevado por un súbito impulso cogió la guía telefónica de la mesa.

—De la E a la L. Veamos. Hesketh... Mrs. A... John & Co., fontaneros... Sir Isidore... ¡Aquí está! Hesketh-Dubois, Mrs., Ellesmere Square, 49. ¿Qué le parece si la llamamos por teléfono?

—¿Para preguntarle qué?

—La inspiración nos lo dirá —manifestó Corrigan alegremente.

—Adelante.

—¿Eh? —Corrigan le miró sorprendido.

—He dicho adelante. No se desanime usted. —Descolgó el teléfono—. Deme una línea. —Miró a Corrigan—. ¿Número?

—Grosvenor 64578.

Lejeune repitió el número y le pasó el teléfono a Corrigan.

—Diviértase un poco.

Un tanto intrigado, Corrigan miró al inspector mientras esperaba. Oyó sonar la llamada. Por fin le contestó la voz jadeante de una mujer.

—Grosvenor 64578.

—¿Es el domicilio de Mrs. Hesketh-Dubois?

—Sí. Bueno, sí. Quiero decir que...

Corrigan hizo caso omiso de aquellas vacilaciones.

—¿Podría hablar con ella, por favor?

—¡No, no es posible! Mrs. Hesketh-Dubois murió el pasado mes de abril.

—¡Oh! —Sorprendido, Corrigan ignoró el «¿Con quién hablo, por favor?» y colgó el teléfono con suavidad. Miró fríamente al inspector Lejeune.

—Por eso me dejó que llamara.

Lejeune sonrió con malicia.

—Nunca dejamos pasar lo más obvio.

—El pasado mes de abril —dijo Corrigan pensativamente—. Hace cinco meses, el chantaje o lo que fuera dejó de preocuparle. Supongo que no se suicidaría.

—No, murió de un tumor cerebral.

—Volvamos a empezar —indicó Corrigan mirando la lista.

Lejeune suspiró.

—En realidad no sabemos si la lista tiene algo que ver con el asesinato. Pudo ser un vulgar atraco en una noche de niebla. Hay pocas esperanzas de dar con el culpable, a menos que tengamos suerte.

—¿Le importa que continúe estudiando esa lista? —preguntó Corrigan.

—Adelante. Le deseo toda la suerte del mundo.

—Si lo que quiere decir es que si usted no ha encontrado nada, a mí me va a ocurrir otro tanto, no esté tan seguro. Me concentraré en Corrigan. En Mr., Mrs. o Miss Corrigan, con un gran signo de interrogación.

Capítulo 3

—Realmente, Mr. Lejeune, no sé qué más puedo decirle. Ya se lo conté todo antes al sargento. No sé quién era Mrs. Davis, o de dónde venía. Estuvo en mi casa unos seis meses. Pagaba su alquiler con regularidad. Parecía una persona tranquila y respetable. ¿Qué más quiere que le diga?

Mrs. Coppins hizo una pausa para tomar aliento y miró a Lejeune con cierta expresión de desagrado. Él le correspondió con la suave y melancólica sonrisa que sabía por experiencia que no dejaba de producir su efecto.

—Si pudiera les ayudaría de buena gana —añadió la mujer justificándose.

—Gracias. Eso es lo que necesitamos: ayuda. Las mujeres saben, lo notan instintivamente, mucho más de lo que los hombres se imaginan.

Era una excelente treta y funcionó.

—¡Ah! ¡Ojalá Coppins le pudiese oír! Siempre tan despreciativo y soberbio. «Afirmando que sabes cosas cuando no tienes ni idea de por dónde empezar», eso me dice. Y nueve de cada diez veces yo tengo razón.

—Por eso mismo quiero conocer sus ideas sobre Mrs. Davis. ¿Cree que era una mujer desgraciada?

—Yo no diría tanto. Práctica es lo que me pareció siempre. Metódica. Como si lo tuviera todo planeado de antemano. Creo que trabajaba en una empresa de estudios de mercado. Iba de aquí para allá realizando encuestas a la gente sobre qué jabón usaba o qué harina prefería, qué gastaba en su presupuesto semanal y cómo lo repartía. Desde luego, siempre he creído que eso es espiar y no entiendo para qué quiere el gobierno, o quien sea, averiguar esas cosas. Al final llegan a conclusiones que todo el mundo conoce, pero actualmente a todo el mundo le ha dado por eso. Y si quiere saberlo, yo diría que la pobre Mrs. Davis debía cumplir con su trabajo a la perfección. Era muy agradable, muy correcta y práctica.

—¿Conoce usted el nombre de la empresa?

—No, me temo que no.

—¿Mencionó alguna vez a sus parientes?

—No. Creo que era viuda desde hacía muchos años, pero nunca habló mucho de su marido, que al parecer era inválido.

—¿Nunca mencionó de qué parte del país venía?

—No creo que fuese de Londres. Yo diría que era del norte.

—¿No le parecía una persona algo misteriosa?

Lejeune sembró una duda. Su interlocutora podía ser una mujer sugestionable, pero Mrs. Coppins no aprovechó la oportunidad.

—Nunca me dio motivos para pensar tal cosa. Lo único que quizá me sorprendió fue su maleta vieja pero de buena calidad. Las iniciales habían sido alteradas, J. D., Jessie Davis, pero antes habían sido J y otra letra distinta. Una H, quizá, pero también pudo haber sido una A. Sin embargo, en aquel momento no lo pensé. Comprar una buena maleta de segunda mano es un hecho habitual, y es natural que cambies las iniciales. No disponía de muchas cosas, solo la maleta.

Lejeune lo sabía. La muerta no había tenido muchos efectos personales. No guardaba cartas ni fotografías. Al parecer, no había estado afiliada a la Seguridad Social ni tenía una libreta de ahorros o un talonario de cheques. Sus prendas de vestir eran de buena calidad, casi nuevas.

—¿Parecía feliz?

—Supongo que sí.

Lejeune advirtió el leve deje de duda en su voz.

—¿Solamente lo supone?

—No es algo en lo que te pares a pensar, ¿verdad? Yo diría que no lo pasaba mal. Tenía un buen empleo y estaba satisfecha con su vida. No era muy expansiva. Pero, desde luego, cuando cayó enferma...

—Cuando cayó enferma, ¿qué?

—Al principio se enfadó. Me refiero a cuando cogió la gripe. Dijo que era una lata, que faltaría a las citas. Pero la gripe es la gripe, y qué va una a hacerle. Así que se metió en la cama y tomaba té y aspirinas. Le propuse llamar a un médico y dijo que no tenía sentido, que para la gripe lo mejor es quedarse en la cama bien abrigada y que no me acercara para evitar el contagio. Le preparé la comida cuando mejoró: caldo y tostadas. De cuando en cuando, un plato de arroz. La gripe la dejó postrada, pero no más de lo habitual. Es cuando se va la fiebre cuando te deprimes. A ella le ocurrió lo que a todos. Recuerdo que se sentó junto al hornillo de gas y me dijo: «Me gustaría no tener tanto tiempo para pensar. No, no quiero pensar. Me deprime mucho».

Lejeune parecía muy interesado y Mrs. Coppins se animó con el tema.

—Le presté algunas revistas, pero le resultaba difícil concentrarse en la lectura. Recuerdo que una vez me dijo: «Si las cosas no son como deben, es mejor no saberlas. ¿No le parece?». Le contesté: «Así es, querida». Y entonces añadió: «No sé. En realidad nunca he estado segura». Asentí. Y Mrs. Davis manifestó: «Siempre he actuado con rectitud. No tengo nada que reprocharme». Yo le contesté: «Por supuesto que no, querida». Me pregunté si no habría descubierto alguna irregularidad, pero había decidido que no era su problema.

—Es posible.

—Sea como sea, no tardó en ponerse buena, o casi buena, y se incorporó al trabajo. Le advertí que era muy pronto. «Tómese uno o dos días más», le dije. ¡Cuánta razón tenía! Al segundo día, volvió que volaba de fiebre. Apenas pudo subir la escalera. «Tiene que llamar al médico», le dije, pero no quiso. Fue empeorando cada vez más. Tenía los ojos vidriosos, las mejillas ardientes y se ahogaba al respirar. La noche del día siguiente me dijo a duras penas: «Un sacerdote, necesito un sacerdote. Enseguida o será demasiado tarde». Pero no quería a nuestro pastor. Tenía que ser un sacerdote católico. No sabía que era católica. Nunca había visto un crucifijo ni nada parecido en su habitación.

Sin embargo, en el fondo de la maleta habían encontrado uno. Lejeune no lo mencionó. Se limitó a seguir escuchando.

—Vi en la calle al pequeño Mike y le envié a buscar al padre Gorman, de la iglesia de San Dominico. Y, por mi cuenta, llamé a un médico y al hospital.

—¿Acompañó usted al padre Gorman?

—Sí. Y los dejé solos.

—¿Les oyó decir algo?

—No me acuerdo, porque le estaba diciendo a Mrs. Davis que ahora que había llegado el sacerdote se pondría bien. Trataba de animarla. Pero sí que recuerdo que, al cerrar la puerta, le oí decir algo sobre la maldad. Y también mencionar un caballo, quizá las carreras. Me gusta apostar media corona de cuando en cuando, pero dice la gente que hay mucho tongo.

—Maldad —repitió Lejeune. La palabra le había impresionado.

—Los católicos tienen que confesar sus pecados antes de morir, ¿verdad? Sí, eso suponía yo.

Lejeune suponía lo mismo, pero seguía impresionado por la palabra empleada: maldad.

Debería tratarse de algo especialmente malvado, pensó, si al sacerdote lo habían asesinado sin piedad.

No se enteró de gran cosa en sus conversaciones con los otros tres inquilinos de la casa. Dos de ellos, un empleado de banco y un hombre mayor que trabajaba en una zapatería, vivían allí desde hacía lustros. El tercero era una chica de veintidós años, llegada recientemente, dependienta de unos grandes almacenes. Apenas conocían de vista a Mrs. Davis.

La mujer que había visto al padre Gorman en la calle la noche del suceso no pudo suministrar ninguna información útil. Era feligresa de la parroquia de San Domínico y conocía de vista al sacerdote. Lo había visto doblar en Benthall Street y entrar en el local de Tony, a las ocho menos diez. Eso era todo.

Mr. Osborne, propietario de la farmacia en la esquina de Barton Street, aportó algo de valor. Era un hombre menudo, de mediana edad, calvo y de rostro redondo y risueño. Usaba gafas.

—Buenas noches, inspector jefe. Venga por aquí, haga el favor.

Levantó la tapa del mostrador y Lejeune pasó a la trastienda, donde un joven con un guardapolvo blanco preparaba medicamentos con la destreza de un prestidigitador profesional. Luego cruzó una arcada y entró en un pequeño cuarto donde había un par de sillones, una mesa y un escritorio. Osborne corrió la cortina con aire misterioso y se acomodó en uno de los sillones después de señalarle a Lejeune el otro con vehemencia. Se inclinó hacia delante con los ojos brillantes a causa de la excitación.

—Da la casualidad de que puedo ayudarles. No fue una noche muy ajetreada. Había poco trabajo. Hacía mal tiempo. Mi dependienta estaba detrás del mostrador. Los jueves no cerramos hasta las ocho. Se extendía la niebla y no había mucha gente por los alrededores. Me asomé a la puerta para echar un vistazo al cielo. La niebla era cada vez más espesa. El pronóstico del tiempo había acertado. Estuve allí unos instantes, no tenía nada que hacer de lo que no pudiera ocuparse la dependienta: cremas faciales, sales de baño y todo eso. Entonces vi al padre Gorman acercarse por la otra acera. Le conocía bien. Sorprende mucho que asesinaran a un hombre tan querido. «Ahí va el padre Gorman», me dije. Se dirigía a West Street, que es la siguiente a la izquierda, antes de la vía del tren. Un poco por detrás caminaba un hombre. No me hubiera fijado en él de no haber sido porque se detuvo repentinamente a la altura de mi puerta. Me pregunté por qué lo había hecho. Entonces advertí que el padre Gorman había acortado el paso, aunque sin llegar a detenerse. Fue como si hubiese estado tan abstraído que se hubiera olvidado de que estaba caminando. Luego aceleró y el otro hombre fue tras él rápidamente. Supuse que quizá quería hablar con el padre Gorman.

—Pero, en realidad, lo que hacía era seguirle.

—Ahora estoy seguro, pero en aquel momento no lo pensé. A causa de la niebla, los perdí de vista a los dos casi al mismo tiempo.

—¿Podría describir al hombre?

Lejeune no confiaba en una respuesta afirmativa. Se disponía a escuchar los vagos detalles de costumbre. Pero Osborne no era de la misma pasta que Tony, el propietario del café.

—Creo que sí —contestó el farmacéutico complacido—. Era un hombre alto.

—¿Alto? ¿Qué estatura le calcula usted?

—Casi un metro ochenta por lo menos. Aunque quizá parecía más alto porque era muy delgado. Tenía los hombros encorvados y una nuez prominente. El pelo largo asomaba por debajo del sombrero, la nariz ganchuda, muy grande. No puedo decirle el color de sus ojos. Lo vi de perfil. Tendría unos cincuenta años; me guío por la manera de andar, un joven camina de un modo completamente distinto.

Lejeune calculó la anchura de la calle, volvió a mirar a Osborne y se extrañó un poco.

Una descripción como la facilitada por el farmacéutico tenía dos interpretaciones. Podía nacer de una fantasía desbordada; conocía numerosos ejemplos, principalmente entre mujeres. Solían construir un retrato imaginario, con el aspecto que a su juicio debía presentar el criminal. Las descripciones abundaban en detalles: mirada esquiva, cejas de demonio, mandíbulas de gorila, ferocidad manifiesta. Pero la descripción de Osborne era la descripción de una persona real. En ese caso resultaba posible que se encontrara ante un testigo entre un millón, un hombre que observaba las cosas con precisión y con detalle, un testigo, por otro lado, que no se desdecía de lo visto.

Lejeune volvió a considerar la distancia que le separaba de la acera opuesta. Miraba al farmacéutico pensativamente.

—¿Cree usted que podría reconocer a ese hombre si le viese de nuevo?

—Por supuesto. —Osborne hacía gala de una extraordinaria confianza en sí mismo—. Jamás olvido un rostro. Este es uno de mis pasatiempos favoritos. Siempre he dicho que si por casualidad entrase en mi farmacia uno de esos asesinos de esposas y comprara una buena cantidad de arsénico, sería capaz de identificarlo ante un tribunal. Siempre he abrigado la esperanza de disfrutar de una oportunidad semejante.

—¿No se le ha presentado aún?

Osborne admitió entristecido que no.

—Y lo más probable es que ya nunca se presente —añadió con nostalgia—. Vendo el negocio. Me pagarán una bonita suma y me retiraré a Bournemouth.

—Parece un buen establecimiento.

—Tiene clase —afirmó Osborne con orgullo—. Hace casi cien años que lo tenemos. Me precedieron mi abuelo y mi padre. Una empresa familiar. Claro que de niño no pensaba así. Me parecía aburridísimo. Como otros muchos chicos, me atraía el mundo del teatro. Estaba seguro de poder actuar. Mi padre no intentó detenerme. «A ver de lo que eres capaz, hijo mío», me dijo, «pero me temo que descubrirás que no eres sir Henry Irving.» ¡Cuánta razón tenía! Un hombre muy juicioso, mi padre. Después de dieciocho meses, volví al negocio, y lo hice con orgullo. Siempre hemos vendido artículos de primera calidad, algo anticuados pero buenos.

»Hoy en día, el farmacéutico se siente un poco decepcionado —agregó negando con la cabeza, apesadumbrado—. Me refiero a los cosméticos. No hay más remedio que tenerlos. La mitad de los beneficios proceden de esa basura: los polvos, las cremas, las barras de labios, los champús y las esponjas. Nunca me ocupo de ellos. Para eso está la dependienta. No, esto no es lo que era. No obstante, tengo unos cuantos ahorros y he vendido el establecimiento a buen precio. Ya he dado la paga y señal de una casa cerca de Bournemouth.

»Hay que retirarse cuando todavía puedes disfrutar de la vida. Ese es mi lema. Tengo muchas aficiones. Colecciono mariposas y me gustan la ornitología y la jardinería. Tengo un montón de libros de jardinería. Y después están los viajes. Pienso hacer un crucero y ver países extranjeros antes de que sea demasiado tarde.

Lejeune se puso en pie.

—Le deseo a usted mucha suerte. Y si antes de que abandone el barrio ve a nuestro hombre...

—Se lo haré saber enseguida, Mr. Lejeune. Naturalmente, puede usted contar conmigo. Será un placer. Soy un buen fisonomista. Me mantendré atento. Al *qui vive*, como suele decirse. Puede usted confiar en mí. Será un gran placer.

Capítulo 4

Relato de Mark Easterbrook

Salí del Old Vic en compañía de mi amiga Hermia Redcliffe. Habíamos asistido a una representación de *Macbeth*. Llovía mucho. Mientras cruzábamos la calle corriendo para ir hasta el coche, Hermia observó injustamente que siempre que íbamos al Old Vic llovía.

—Es algo que nunca falla.

No compartí su punto de vista. Le contesté que, a diferencia de los relojes de sol, ella solo recordaba las horas de lluvia.

—En cambio, en Glyndebourne —continuó Hermia mientras yo embragaba— siempre he tenido suerte. Allí todo es perfecto: la música, los espléndidos macizos de flores, especialmente los parterres de flores blancas.

Discutimos sobre Glyndebourne y la música durante unos minutos. Luego, Hermia observó:

—No iremos a cenar a Dover, ¿verdad?

—¿A Dover? ¡Qué idea tan extraordinaria! Creía que íbamos al Fantasie. Lo que necesitamos es comer y beber bien después de tanta sangre. Shakespeare me abre el apetito.

—Sí, lo mismo ocurre con Wagner. Los bocadillos de salmón ahumado de los entreactos del Covent Garden no bastan para saciar el hambre. Y lo de Dover lo he dicho porque estás conduciendo en esa dirección.

—No hay más remedio que dar un rodeo —le expliqué.

—Pues te has pasado. Estamos bastante lejos de la Old, ¿o es la New?, Kent Road.

Eché un vistazo al contorno y tuve que reconocer que Hermia estaba en lo cierto, como de costumbre.

—Siempre me hago un lío al llegar aquí —me disculpé.

—Uno se confunde con tantas vueltas a la estación de Waterloo —admitió Hermia.

Después de llegar con éxito al puente de Westminster, reanudamos la conversación sobre *Macbeth.* Hermia Redcliffe, mi amiga, era una joven apuesta de veintiocho años. Tenía un perfil griego perfecto y una cabellera oscura que se peinaba recogida sobre la nuca. Mi hermana se refería siempre a ella con la frase «la amiga de Mark», dándole una entonación especial que me fastidiaba.

En el Fantasie nos dispensaron un agradable recibimiento y nos llevaron a una pequeña mesa junto a la pared tapizada de terciopelo carmesí. El Fantasie se ha ganado su popularidad y, en su interior, las mesas se encuentran muy cerca unas de otras. Al sentarnos, nuestros vecinos de la mesa contigua nos saludaron alegremente. David Ardingly era profesor de Historia en Oxford. Nos presentó a su acompañante, una muchacha muy bonita que lucía un peinado tan a la moda como estrambótico que, por extraño que parezca, le sentaba bien. Sus ojos azules eran enormes y mantenía la boca entreabierta. Era, como todas las chicas que acompañaban a David, tonta en extremo. Y David, un joven notablemente inteligente que solo encontraba el verdadero placer al lado de chicas de poco seso.

—Poppy es mi diversión predilecta. Poppy, te presento a Mark y a Hermia. Dos personas muy serias e intelectuales. Has de procurar ponerte a tono. Acabamos de ver una obra estupenda, titulada: *Hazlo por diversión.* ¡Estupenda! Apuesto a que habéis ido a ver una obra de Shakespeare o una reposición de Ibsen.

—*Macbeth*, en el Old Vic —dijo Hermia.

—¿Y qué opinas de la realización de Batterson?

—Me ha gustado. La iluminación era muy interesante y la escena del banquete, magnífica.

—¿Y qué me dices de las brujas?

—Espantosas, siempre lo son.

David asintió.

—Siempre tienen algo de pantomima. Todas de aquí para allá, haciendo jugarretas y comportándose como auténticos demonios. Siempre espero que en algún momento aparezca un Hada Buena, vestida de blanco con lentejuelas y recitando con voz monótona: «El mal no debe triunfar. Al final será Macbeth quien le dará la vuelta».

Todos nos echamos a reír. David, al que nunca se le escapaba nada, me miró atentamente.

—¿Y a ti qué te pasa?

—Nada. Es que precisamente el otro día estuve reflexionando sobre el papel del mal y del demonio en las pantomimas. Sí, y también de las hadas buenas.

—¿A propósito de qué?

—¡Oh! En un bar de Chelsea.

—¡Siempre tan a la última! Así que Chelsea, ¿eh? Un

lugar donde las chicas ricas con mallas se casan con los pelanas de la esquina. Allí es donde Poppy debería estar, ¿verdad, patito mío?

Poppy abrió aún más sus grandes ojos.

—Odio Chelsea. ¡Me gusta mucho más el Fantasie! ¡Es muy bonito y se come muy bien!

—Bravo por ti, Poppy. De todos modos, no eres lo suficientemente rica para Chelsea. Cuéntanos algo más sobre *Macbeth*, Mark, y de las brujas. Yo sé cómo recrearía la escena de las brujas si fuera el director.

David había sido miembro destacado de una compañía en otro tiempo.

—¿Qué harías?

—Las presentaría con un aspecto vulgar. Como unas viejucas taimadas. Como las brujas de las aldeas.

—Pero hoy en día no hay brujas, ¿verdad? —preguntó Poppy, mirándolo fijamente.

—Lo dices porque eres londinense. Toda aldea inglesa que se respete tiene su bruja. La vieja Mrs. Black, en la tercera casa de la colina. A los niños pequeños se les dice que no la molesten y siempre le regalan huevos y pasteles. ¿Por qué? —David levantó el dedo índice en actitud doctoral—. Porque si se enfada contigo, tus vacas dejarán de dar leche, tu cosecha de patatas se estropeará o el pequeño Johnnie se torcerá un tobillo. Hay que mantener una buena relación con Mrs. Black. Nadie lo dice claramente, pero ¡todos lo saben!

—Estás bromeando —dijo Poppy con un mohín.

—No, nada de eso. ¿Verdad que tengo razón, Mark?

—Sin duda, la educación ha acabado con las supersticiones —señaló Hermia, escéptica.

—En las zonas rurales, no. ¿Tú qué opinas, Mark?

—Pienso que quizá estés en lo cierto —contesté lentamente—, aunque, la verdad, no lo sé. No he vivido nunca mucho tiempo en el campo.

—No veo cómo podrías presentar a las brujas como unas viejas corrientes —repuso Hermia, volviendo al anterior comentario de David—. Tienen que estar rodeadas de una atmósfera sobrenatural.

—Piénsalo. Es algo como la locura. Si hay alguien que delira y va por ahí con pajas en los pelos y tiene pinta de loco, no asusta a nadie. En cambio, en cierta ocasión le llevé un mensaje a un médico a una casa de salud. Me hicieron pasar a la sala de espera y dentro había una anciana muy agradable que bebía un vaso de leche. Hizo unos cuantos comentarios convencionales sobre el tiempo y luego, bruscamente, se inclinó hacia delante para preguntarme en voz baja:

»—¿Es su pobre hijo el que está sepultado detrás de la chimenea? —Después asintió y dijo—: A las doce y diez exactamente. Siempre a la misma hora todos los días. Haga usted como si no viera la sangre.

»En realidad, fue el tono con que lo dijo lo que resultaba patético.

—¿Había alguien realmente enterrado en la chimenea? —quiso saber Poppy.

David continuó sin hacerle el menor caso.

—Hablemos de las médiums. Trances, habitaciones a oscuras, ruidos y gemidos. Después, la médium se sienta, se atusa el pelo y se va a su casa a comer pescado y patatas fritas como cualquier hija de vecino.

—Así que tu idea de las brujas son tres viejucas escocesas clarividentes que practican sus artes en secreto, musitan conjuros alrededor de un caldero, invocan a los espíritus, pero continúan siendo un trío de viejas normales. Sí, resultaría impresionante.

—Si es que consigues actrices que quieran interpretarlas de esa manera —observó Hermia secamente.

—Has dado en el clavo —admitió David—. La más leve insinuación de locura en el texto de la obra y el actor sale a escena decidido a todo. Lo mismo ocurre con las muertes repentinas. No hay actor capaz de caerse muerto discretamente. Tiene que gemir, trastabillar, poner los ojos en blanco, abrir la boca con gesto de profunda angustia, llevarse las manos al pecho, sujetarse la cabeza y montar un cirio. Hablando de representaciones, ¿qué os ha parecido el *Macbeth* de Fielding? Los críticos no se ponen de acuerdo.

—Yo creo que es fantástica —replicó Hermia—. La escena con el doctor después del paseo del sonámbulo: «Vos no podéis atender a una mente enferma», me reveló algo que ni siquiera había imaginado: que él le estaba ordenando al médico que la matara. Y sin embargo, él ama a su esposa. Saca a relucir la lucha entre el miedo y el amor. No he conocido nada más conmovedor que esa frase: «Tú deberías haber muerto entonces».

—Shakespeare se llevaría algunas sorpresas si viera cómo representan sus obras en la actualidad —declaré secamente.

—Sospecho que Burbage & Co. se han cargado gran parte de su espíritu —opinó David.

—Es la eterna sorpresa del autor al ver lo que ha hecho el director con su obra —murmuró Hermia.

—¿No dijo alguien que Bacon escribió las obras de Shakespeare? —preguntó Poppy.

—Esa teoría es muy anticuada —contestó David amablemente—. ¿Y qué sabes tú de Bacon?

—Inventó la pólvora —afirmó Poppy triunfalmente.

—¿Os dais cuenta de por qué quiero a esta chica? Sabe cosas inesperadas. Fue Francis, no Roger, amor mío.

—Me pareció interesante que Fielding representara el papel de Tercer Criminal —señaló Hermia—. ¿Existe algún precedente?

—Creo que sí —respondió David—. ¡Qué conveniente debió de haber sido en aquellos tiempos tener a mano un asesino al que encomendar un trabajito! Resultaría divertido que se pudiese hacer ahora.

—Se hace —afirmó Hermia—. Pistoleros, hampones o como se llamen. Chicago y todo eso.

—¡Ah! —dijo David—. No me refería a los pistoleros ni a los mafiosos o los reyes del hampa. Pensaba en la gente común, dispuesta a desembarazarse de alguien. Un rival en los negocios, la tía Emily, millonaria y desgraciadamente longeva, el molesto marido que es un engorro. Sería muy conveniente poder llamar a Harrods y decir: «Por favor, envíenme un par de buenos asesinos».

Todos nos echamos a reír.

—Eso sí se puede conseguir de algún modo, ¿verdad? —preguntó Poppy.

Nos volvimos hacia ella.

—¿De qué modo, cariño? —preguntó David.

—Quiero decir que la gente puede conseguirlo si así lo desea. Personas normales, como nosotros. Pero creo que es carísimo.

La mirada de Poppy no podía ser más ingenua. Mantenía la boca ligeramente entreabierta.

—¿Qué quieres decir? —quiso saber David con un gesto de curiosidad.

Poppy parecía confusa.

—¡Oh! Creo que me he confundido. Me refería a Pale Horse, que significa «caballo bayo», y a todo eso.

—¿Un caballo bayo? ¿Qué clase de caballo bayo?

Poppy se ruborizó intensamente, bajando los ojos.

—Soy una estúpida. Me refiero a algo que alguien mencionó. Sin duda no lo comprendí bien.

—Vamos a tomar una Coupe Nesselrode —propuso David bondadosamente.

Una de las cosas más raras de la vida, como todos sabemos, es lo que sucede cuando oímos mencionar algo y luego lo volvemos a escuchar en menos de veinticuatro horas. A la mañana siguiente viví uno de esos momentos.

Sonó el teléfono y atendí la llamada.

—Flaxman 73841.

Oí una exclamación, luego una voz sin aliento pero desafiante.

—He pensado en ello, y voy a ir.

Rebusqué alocadamente en mi memoria.

—Espléndido —contesté para ganar tiempo—. Ejem. Así que...

—Después de todo —añadió la voz—, un rayo nunca cae dos veces en el mismo lugar.

—¿Está usted segura de haber marcado el número correcto?

—Desde luego. Tú eres Mark Easterbrook, ¿no es así?

—¡Ya caigo! Ariadne.

—¿No me habías reconocido? —preguntó la voz sorprendida—. Ni siquiera se me había ocurrido. Te hablaba de la feria de Rhoda. Iré y firmaré mis libros, si ella quiere.

—Eres muy amable. Estarán encantados.

—No habrá ninguna reunión, ¿verdad? —preguntó Ariadne un tanto aprensiva—. Ya sabes lo que pasa: gente que viene a preguntarme qué estoy escribiendo ahora mismo cuando pueden ver que estoy bebiendo cerveza o zumo de tomate y no estoy escribiendo nada. Y dicen que les gustan mis libros, una cosa agradable pero a la que nunca sé qué contestar. Si dices: «Me alegro mucho», es como si respondieras: «Encantado de conocerle». Son frases hechas, auténticos tópicos. Bueno, lo son, por supuesto. ¿Y no crees que querrán que vaya también al Pink Horse a beber algo?

—¿El Pink Horse?

—He querido decir Pale Horse, el pub. Ir a los pubs no es lo mío. Solo soy capaz de beber una jarra de cerveza porque luego me entra el hipo.

—¿Qué quieres decir con eso de Pale Horse?

—¿No hay por allí un pub con ese nombre? Puede que sea Pink Horse o que esté en otra parte. Quizá lo haya imaginado. ¡Imagino tantas cosas!

—¿Cómo marcha el asunto de la cacatúa?

—¿La cacatúa?

Ariadne parecía desorientada.

—¿Y lo de la pelota de cricket?

—Verdaderamente —afirmó Ariadne con dignidad—, creo que te has vuelto loco o tienes resaca. Pink Horses, cacatúas y pelotas de cricket.

Colgó inmediatamente.

Seguía pensando en esta segunda mención de Pale Horse cuando volvió a sonar el teléfono.

Esta vez era Mr. Soames White, un distinguido abogado que llamaba para recordarme que, de acuerdo con el testamento de mi madrina, lady Hesketh-Dubois, estaba autorizado a elegir tres de sus cuadros.

—Por supuesto, no hay nada de gran valor —afirmó Soames White con su derrotista y melancólico tono—. Pero tengo entendido que en algún momento le elogió a la difunta algunos de los cuadros.

—Tenía algunas acuarelas de escenas de la India verdaderamente encantadoras. Creo que usted ya me escribió en relación con este asunto. Indudablemente, me olvidé del tema.

—Eso es. Pero se ha legalizado el testamento y los albaceas, yo soy uno de ellos, estamos preparando la subasta de los objetos de su casa de Londres. Si usted pudiera darse una vuelta por Ellesmere Square...

—Iré ahora mismo.

No parecía una mañana muy adecuada para trabajar.

Con las tres acuarelas escogidas bajo el brazo, salí del 49 de Ellesmere Square y me di de bruces con alguien que subía. Me disculpé, me pidieron disculpas, y estaba a punto de parar a un taxi cuando algo encajó en mi mente y me volví bruscamente para preguntar:

—Pero ¿no eres Corrigan?

—Sí, y tú eres Mark Easterbrook.

Jim Corrigan y yo habíamos sido amigos en nuestros días en Oxford. Habrían transcurrido unos quince años desde nuestro último encuentro.

—Me ha parecido que te conocía, pero no acertaba a

saber de qué —dijo Corrigan—. Leo tus artículos de cuando en cuando y, además, me gustan.

—¿Qué ha sido de ti? ¿Te has dedicado a la investigación, tal como querías?

Corrigan suspiró.

—Está difícil. Hace falta mucho dinero si quieres dedicarte por tu cuenta, a menos que consigas a un millonario o convenzas a una fundación.

—Jugos hepáticos, ¿no era eso?

—¡Qué memoria la tuya! No, ya los dejé. Mi interés se concentra hoy en las propiedades de las secreciones de las glándulas de Mandarían. Seguro que no habrás oído hablar nunca de ellas. Están relacionadas con el bazo y aparentemente no sirven para nada.

Se expresaba con el entusiasmo de un científico.

—¿Cuál es tu gran idea?

—Tengo la teoría de que influyen en el comportamiento. —Corrigan hablaba con un tono de disculpa—. Digamos que actúan como el líquido de frenos de un coche. Si no hay líquido, los frenos no funcionan. En los seres humanos una deficiencia en esas secreciones podría, solo diré podría, convertir a una persona normal en un asesino.

—¿Y qué sucede con el pecado original?

—Sí, ¿qué sucede? A los sacerdotes no les gustaría, ¿verdad? Desgraciadamente no he conseguido que nadie se interese aún por mi teoría. Así que soy forense de la división noroeste. Muy interesante. Ves una infinidad de criminales. Pero no quiero aburrirte con el tema, a menos que desees que comamos juntos.

—Me gustaría. Pero tú ibas allí. —Señalé la casa detrás de Corrigan.

—La verdad es que iba a colarme.

—Solo hay un portero.

—Me lo imaginaba, pero quería averiguar lo que pudiese de la difunta lady Hesketh-Dubois.

—Estoy seguro de que yo podría informarte mejor que el portero. Era mi madrina.

—¿De veras? Eso se llama tener suerte. ¿Adónde vamos a comer? En Lowndes Square hay un establecimiento, no es de lujo, pero preparan una sopa de pescado riquísima.

Nos acomodamos en el pequeño restaurante. Un muchacho paliducho con pantalones de marinero francés nos puso delante una humeante sopera.

—Deliciosa —dije probando la sopa—. Bueno, Corrigan, ¿qué era lo que querías saber de la vieja dama? Y, por cierto, ¿por qué?

—Es una larga historia. Primero dime: ¿qué clase de mujer era?

Reflexioné un momento.

—Era una mujer anticuada. Victoriana. Viuda de un exgobernador de una isla remota. Era rica y le gustaba vivir bien. El invierno lo pasaba en Estoril y otros sitios parecidos. Su casa era espantosa, llena de muebles victorianos y platería recargada y chabacana. No tenía hijos, pero cuidaba a un par de perros de lanas bastante bien educados a los que amaba tiernamente. Era tozuda y conservadora. Amable, pero dominante. Muy apegada a sus convicciones. ¿Qué más quieres saber?

—No estoy seguro. ¿Podrías decirme si existe la posibilidad de que fuera víctima de un chantaje?

—¿Chantaje? —preguntó atónito—. Nada más lejos de lo posible. ¿A qué viene todo esto?

Fue entonces cuando me enteré por primera vez de las circunstancias del asesinato del padre Gorman.

Dejé la cuchara y pregunté:

—¿Tienes la lista de nombres?

—La original, no. Pero hice una copia. Aquí tienes.

Cogí el papel que sacó del bolsillo.

—¿Parkinson? Conozco dos Parkinson: Arthur, que ingresó en la Armada, y Henry, en uno de los ministerios. Ormerod. Recuerdo al comandante Ormerod Sandford, nuestro viejo rector cuando era niño, se llamaba Sandford. ¿Harmondsworth? No, Tuckerton. —Hice una pausa—. Tuckerton... No se tratará de Thomasina Tuckerton, ¿verdad?

Corrigan me miró con curiosidad.

—Podría ser. ¿Quién es y a qué se dedica?

—Ahora a nada. La esquela de su fallecimiento apareció la semana pasada en el periódico.

—Poca ayuda nos proporciona entonces.

Proseguí con la lectura.

—Shaw. Conozco un dentista llamado así, y hay un tal Jerome Shaw, del Consejo de la Reina. Delafontaine. He oído últimamente ese nombre, pero no acierto a recordar dónde. Corrigan. ¿Se refiere a ti, por casualidad?

—Confío en que no. Tengo la impresión de que no es nada bueno figurar en esa lista.

—Quizá. ¿Qué es lo que te ha hecho pensar en el chantaje?

—Fue una sugerencia del detective inspector Lejeune, si no recuerdo mal. Parece razonable. Pero hay otras muchas hipótesis. Puede ser una lista de traficantes de drogas, o drogadictos, agentes secretos, lo que sea. Una cosa es segura: era lo bastante importante como para cometer un crimen con tal de conseguirla.

—¿Siempre te tomas tantas molestias por el aspecto policíaco de tu trabajo? —pregunté impulsado por la curiosidad.

Corrigan meneó la cabeza.

—En realidad, no siempre. Me interesan la personalidad, los antecedentes, su crianza y, especialmente, su salud glandular.

—Entonces, ¿a qué viene tu interés por esta lista?

—No lo sé —declaró Corrigan lentamente—. Quizá haya sido porque vi mi nombre en ella. ¡Vivan los Corrigan! Un Corrigan acude al rescate de otro Corrigan.

—¿Al rescate? O sea, que consideras definitivamente que es una relación de víctimas, no de malhechores. ¿Y no crees que podría ser ambas cosas?

—Tienes toda la razón. Y admito que es raro que me sienta tan seguro. Quizá sea solo un presentimiento. Tal vez tenga que ver con el padre Gorman. No lo traté mucho, pero sé que era un buen hombre, respetado por todo el mundo y muy querido por sus feligreses. Pertenecía al grupo de los buenos sacerdotes. No me puedo quitar de la cabeza la idea de que él consideraba esta lista una cuestión de vida o muerte.

—¿La policía no ha averiguado nada?

—Sí, pero va para largo. Deducen esto y lo otro. Están investigando los antecedentes de la mujer que llamó al padre Gorman aquella noche.

—¿Quién era?

—Una persona nada misteriosa, al parecer. Viuda. Pensamos en un principio que su marido pudo tener relación con las carreras de caballos, pero por lo visto no hay nada de eso. Trabajaba haciendo encuestas en una empresa de estudios de mercado. Todo muy normal. La firma tiene prestigio en el ramo. No sabían mucho de la mujer. Procedía del norte de Inglaterra, de Lancashire. Lo único extraño es que dispusiera de tan pocos efectos personales.

Me encogí de hombros.

—Yo creo que eso mismo les ocurre a muchas más personas de las que imaginamos. Es un mundo solitario.

—Efectivamente, así es.

—Sea como sea, has decidido echar una mano.

—Quería husmear un poco. Hesketh-Dubois es un apellido poco corriente. Creí que si podía averiguar algo sobre la señora... —Corrigan no acabó la frase—. Pero por lo que dices deduzco que aquí no encontraré ninguna pista.

—Mi madrina no era adicta a las drogas ni traficante —le aseguré—. Menos aún agente secreto. Llevaba una vida intachable, así que no es posible que la chantajearan. No acierto a imaginar por qué la incluirían en la lista. Guardaba las joyas en el banco, por lo que no sería un objetivo probable para un robo.

—¿Conoces algún otro Hesketh-Dubois? ¿Hijos?

—No hay hijos. Tenía un sobrino y una sobrina, pero no con ese nombre. El esposo era hijo único.

Corrigan me agradeció la gran ayuda con un tono agrio. Miró su reloj, mencionó alegremente que tenía que descuartizar a alguien y nos separamos.

Regresé a casa preocupado. No pude concentrarme en mis tareas y finalmente, en un impulso, llamé a David Ardingly.

—David, soy Mark. Aquella chica que me presentaste la otra noche: Poppy. ¿Cuál es su apellido?

—¿Vas a robarme a mi chica?

A David parecía divertirle mucho la idea.

—Tienes tantas que probablemente podrás desprenderte de una.

—Y tú ya tienes a una que es un encanto, muchacho. Creía que era algo formal.

«Algo formal.» Una frase repulsiva. Y, sin embargo, muy adecuada, porque describiría muy bien mi relación con Hermia. ¿Por qué me hacía sentir deprimido? En el fondo daba por hecho que acabaría casándome con ella. Me gustaba más que ninguna de las mujeres que conocía. ¡Teníamos tantas cosas en común!

Sin ningún motivo aparente, me entraron ganas de bostezar. Veía nuestro futuro. Hermia y yo asistiríamos a buenas representaciones teatrales, eso era importante. Hablaríamos de arte, de música. No había ninguna duda: Hermia era la compañera perfecta.

«Pero diversión, poca», dijo un diablillo burlón surgido de mi subconsciente. Me quedé impresionado.

—¿Te has quedado dormido? —preguntó David.

—Desde luego que no. Sinceramente, tu amiga Poppy me pareció una chica refrescante.

—Lo es, si la tomas a pequeñas dosis. Su nombre es Pamela Stirling y trabaja en una de esas floristerías artísticas de Mayfair. Ya sabes, tres ramitas secas, un tulipán con los pétalos enganchados y una hoja de laurel moteado. Precio: tres guineas.

Me dio la dirección.

—Sal con ella y diviértete —añadió David paternalmente—. Verás que es todo un descanso. Tiene la cabeza hueca. Creerá cuanto le digas. A propósito, es una muchacha virtuosa, así que no abrigues falsas esperanzas.

Colgó.

Entré en Flower Studies Ltd. dispuesto a todo, pero el fortísimo olor a gardenias casi me tumbó de espaldas. Me sentí confuso al encontrarme con varias chicas vestidas con batas de color verde pálido, todas idénticas a Poppy. Finalmente la localicé. Estaba escribiendo una dirección con alguna dificultad, deteniéndose vacilante ante la ortografía correcta de Fortescue Crescent. En cuanto quedó libre, después de pasar por nuevas dificultades a la hora de devolver el cambio de un billete de cinco libras, reclamé su atención.

—Nos conocimos la otra noche. La acompañaba David Ardingly —le recordé.

—¡Ah, sí! —exclamó Poppy cordialmente, pero con una mirada vaga.

—Quería preguntarle algo. —Repentinamente sentí ciertos escrúpulos—. Quizá fuera mejor que comprara unas flores, ¿no?

Como un autómata al que se le aprieta el botón correcto, Poppy respondió:

—Tenemos unas rosas preciosas, frescas, del día.

—¿Aquellas amarillas, quizá? —Había rosas por todas partes—. ¿Cuánto cuestan?

—Muy baratas —contestó Poppy con voz melosa y persuasiva—. Cinco chelines cada una.

Tragué saliva y dije que me llevaría media docena.

—¿Y unas cuantas de estas hojas muy especiales?

Miré dudando las hojas especiales que parecían estar en un avanzado estado de descomposición. Me decidí por una esparraguera verde brillante, una elección que, obviamente, me hizo perder puntos en la estimación de Poppy.

—Hay algo que quiero preguntarle —insistí mientras la muchacha intentaba con manos torpes acomodar la esparraguera en el ramo de rosas—. La otra noche usted mencionó un lugar llamado Pale Horse.

Presa de un repentino sobresalto, Poppy dejó caer las rosas y la esparraguera.

—¿No podría decirme algo más?

Poppy se incorporó después de recoger las flores.

—¿Qué ha dicho?

—Le preguntaba por Pale Horse.

—¿Un caballo bayo? ¿Qué quiere decir?

—Lo nombró usted la otra noche.

—¡Estoy segura de no haber dicho nada de eso! Nunca he oído hablar de semejante cosa.

—Alguien se lo mencionó. ¿Quién fue?

Poppy hizo una profunda inspiración.

—¡No sé de qué me habla! —replicó muy deprisa—. Y no se nos permite charlar con los clientes. —Envolvió en un trozo de papel mi ramillete—. Son treinta y cinco chelines, por favor.

Le entregué dos billetes de una libra. Poppy me puso en la mano seis chelines y se dirigió con rapidez hacia otro cliente.

Las manos le temblaban ligeramente.

Me marché despacio. Solo había dado unos pocos pasos cuando me di cuenta de que se había equivocado al hacer la cuenta y me había devuelto más dinero del debido. Sus errores aritméticos habían apuntado anteriormente en otra dirección.

Volví a mirar aquel encantador e inexpresivo rostro y los grandes ojos azules. Algo indefinible había asomado a su mirada.

«Asustada —me dije—. Terriblemente asustada. Pero ¿por qué? ¿Por qué?»

Capítulo 5

Relato de Mark Easterbrook

—¡Qué descanso! —exclamó Ariadne con un suspiro—. ¡Pensar que todo ha terminado sin que sucediera nada!

Era un momento de relajación. La feria de Rhoda había transcurrido como todas las ferias. Una fuerte ansiedad por el estado del tiempo que, a primera hora de la mañana, había sido muy variable. Largas discusiones sobre la conveniencia de montar los puestos al aire libre o si todo debía instalarse en el granero y en la marquesina. Varias apasionadas disputas locales sobre los preparativos para el té, puestos de productos, etcétera. Todas y cada una zanjadas con tacto por Rhoda. Periódicas escapadas de los deliciosos aunque indisciplinados perros de Rhoda, que debían estar encerrados en la casa a causa de las dudas sobre su comportamiento en esta gran ocasión. ¡Dudas plenamente justificadas! Llegada de una agradable pero un tanto vaga estrella de cine, envuelta en pieles, para inaugurar la feria, cosa que hizo de una forma muy encantadora, aunque añadió algunas consideraciones sobre los padecimientos de los refugiados que dejó perplejo a todo el mundo, porque el objetivo de la feria era la restauración de la torre de la iglesia. El puesto de bebidas tuvo un éxito enorme. Se produjeron las habituales dificultades con el cambio. Pandemónium a la hora del té. Invasión de la marquesina.

Finalmente, la bendita llegada de la noche. En el granero aún continuaban las exhibiciones de bailes locales. Faltaba el castillo de fuegos artificiales y la gran hoguera. La anfitriona, la familia y el servicio se retiraron a la casa para tomar una cena fría en el comedor, entretenidos con una de esas deshilvanadas conversaciones en el transcurso de las cuales uno dice lo que piensa y apenas presta atención a lo que dicen los demás. Todo era informal y cómodo. Los perros roían los huesos alegremente debajo de la mesa.

—Recaudaremos más que en la feria del año pasado a beneficio de la infancia —manifestó Rhoda muy complacida.

—Me parece extraordinario —declaró Miss Macalister, la institutriz escocesa— que Michael Brent encontrara el tesoro enterrado por tercera vez consecutiva. Me pregunto si recibe información anticipada.

—Lady Brookbank ganó el cerdo. No creo que lo quisiera. Parecía terriblemente incómoda —señaló Rhoda.

El grupo estaba formado por mi prima Rhoda y su esposo, el coronel Despard, Miss Macalister, una joven pelirroja atinadamente llamada Ginger (ya que este nombre significa *pelirrojo*), Ariadne Oliver, el pastor (el reverendo Caleb Dane Calthrop) y su esposa. El pastor era un anciano y agradable erudito cuyo principal placer consistía en encontrar la cita de los clásicos más propicia a la ocasión. Esto, a pesar de ser a menudo un inconveniente, y la causa de interrupciones en la conversación, ya estaba perfectamente controlado. El pastor no necesitaba que nadie le alabara su sonoro latín. Se sentía recompensado con el hallazgo de la cita adecuada.

—Como dice Horacio... —observó con una expresión radiante.

—Yo creo que Mrs. Horsefall hizo trampa con la botella de champán —opinó Ginger pensativamente—. La ganó su sobrino.

Mrs. Calthrop, una mujer desconcertante, de bonitos ojos, miraba a Ariadne con expresión pensativa. De pronto, le preguntó:

—¿Qué esperaba usted que ocurriera en esta feria?

—Pues un crimen o algo semejante.

Mrs. Calthrop parecía interesada.

—¿Por qué?

—No existe ninguna razón y además era muy poco probable. Pero hubo uno en la última feria a la que asistí.

—¿Y eso la impresionó?

—Muchísimo.

El pastor pasó del latín al griego.

Tras una pausa, Miss Macalister expuso sus dudas sobre la legitimidad de la rifa del pato.

—El viejo Lugg, del King's Arms, ha estado muy generoso al enviarnos doce docenas de botellas de cerveza para el puesto de bebidas —manifestó Despard.

—¿King's Arms? —pregunté vivazmente.

—El pub local, querido —contestó Rhoda.

—¿No hay por aquí otro pub? Mencionaste Pale Horse, ¿no? —pregunté mirando a Ariadne.

Había esperado una reacción más entusiasta. Los rostros vueltos hacia mí ofrecían una expresión vaga y desinteresada.

—Pale Horse no es un pub —explicó Rhoda—. Es decir, ahora no.

—Era una vieja posada —me informó Despard—. Diría que del siglo XVI. En la actualidad es una casa más. Creo que deberían haberle cambiado el nombre.

—¡Oh, no! —exclamó Ginger—. Habría sido una ridiculez llamarlo Wayside o Fairview. A mí me parece mucho más bonito Pale Horse. Además, es el viejo rótulo de la posada, algo verdaderamente encantador. Lo tienen enmarcado en el vestíbulo.

—¿Quiénes son los dueños?

—Pertenece a Thyrza Grey —dijo Rhoda—. No sé si la has visto hoy. Una mujer alta, con el pelo cano, más bien corto.

—Es muy misteriosa —añadió Despard—. Aficionada al espiritismo, a los trances y a la magia. No llega a las misas negras, pero va por ese lado.

Ginger se echó a reír inesperadamente.

—Lo siento —se excusó—. Estaba pensando en Miss Grey, como madame de Montespan, en un altar de terciopelo negro.

—¡Ginger! —exclamó Rhoda—. No digas esas cosas delante del pastor.

—Perdón, Mr. Calthrop.

—No tiene importancia —contestó el pastor, sonriendo—. Como decían los antiguos... —Y continuó durante unos minutos en griego.

Tras un respetuoso silencio de aprobación, volví al ataque.

—Me gustaría saber quiénes son «ellos». Miss Grey, ¿y quién más?

—Hay una amiga que vive con ella, Sybil Stamfordis. Creo que actúa de médium. Tienes que haberla visto por ahí. Cargada de escarabajos y lentejuelas. A veces viste un sari. No sé por qué. Creo que no ha estado nunca en la India.

—También está Bella —dijo Mrs. Calthrop—. Es de Little Dunning. Es la cocinera. Allí tenía fama de bruja. Le viene de familia, su madre también lo era.

Hablaba con un tono comedido.

—Se expresa usted, Mrs. Calthrop, como si creyera en la brujería —señalé.

—¡Desde luego! No tiene nada de misterioso o secreto. Es una realidad. Es un rasgo familiar que se hereda como cualquier otra cosa. A los chicos les dicen que no persigan a su gato y, de cuando en cuando, la gente le lleva un queso o un tarro de mermelada casera.

Le miré un tanto perplejo. Parecía hablar en serio.

—Sybil nos ayudó hoy diciendo la buenaventura. Estaba en la tienda verde —informó Rhoda—. Lo hace muy bien.

—A mí me anunció una gran fortuna —manifestó Ginger—. Dinero fresco. Un guapo extranjero moreno, dos esposos y seis hijos. En realidad, fue muy generosa.

—Vi a la chica de los Curtis salir riendo —señaló Rhoda—. Luego se mostró muy altanera con el novio. Le dijo que no se creyera que él era el único guijarro en la playa.

—¡Pobre Tom! —exclamó su esposo—. ¿Qué le replicó?

—«No pienso decirte lo que me ha prometido a mí. Quizá no te gustase demasiado», eso le replicó.

—La anciana Mrs. Parker salió con cara agria —mencionó Ginger entre risas—. Dijo: «Esto es una pura tontería. No os creáis nada, muchachas». Pero entonces intervino Mrs. Cripps para replicar: «Tú sabes tan bien como yo que Miss Stamfordis ve cosas que otras personas no ven, y Miss Grey sabe con exactitud cuándo va a ocurrir una muerte. ¡Nunca se equivoca! Me pone la piel de gallina». Mrs. Parker opinó: «La muerte es algo distinto. Es un don». Y Mrs. Cripps dijo: «Sea lo que sea, no me gustaría ofender a ninguna de esas tres mujeres».

—Parece emocionante. Me gustaría conocerlas —intervino Ariadne.

—Mañana la llevaremos a su casa —prometió el coronel Despard—. Vale la pena visitar la vieja posada. Han sido muy inteligentes al reformarla sin estropear su esencia.

—Mañana por la mañana telefonearé a Thyrza —dijo Rhoda.

Debo admitir que me fui a la cama algo desilusionado.

Pale Horse, que había dominado mi mente como un símbolo de algo desconocido y siniestro, había resultado no ser tal cosa.

A menos, desde luego, que hubiese otro Pale Horse en alguna otra parte.

Consideré esta posibilidad hasta que me quedé dormido.

Había una sensación de descanso al día siguiente, que era domingo. La relajación de después de la fiesta. En el prado la marquesina y las tiendas apenas se movían con la húmeda brisa, esperando a los operarios que se las llevarían a primera hora del lunes y nosotros haríamos inventario de los daños causados y recogeríamos lo que quedaba. De momento, Rhoda había decidido sabiamente que lo mejor sería salir.

Fuimos a la iglesia y escuchamos respetuosamente el erudito sermón del reverendo Dane Calthrop, basado en un texto de Isaías que parecía estar relacionado más con la historia persa que con la religión.

—Vamos a almorzar con Mr. Venables —explicó Rhoda después—. Te gustará conocerlo, Mark. Es un hombre muy interesante. Ha estado en todas partes y lo ha hecho todo. Conoce las cosas más extraordinarias. Compró Priors Court hace unos tres años y las obras que ha realizado deben de haberle costado una fortuna. Sufrió poliomielitis y está medio inválido, así que utiliza una silla de ruedas. Es muy triste porque hasta entonces había sido un gran viajero. Por supuesto, está forrado y ha hecho unas reformas maravillosas en la casa. Era una ruina que se caía a pedazos. Está llena de objetos preciosos. Creo que las subastas son su principal entretenimiento.

Priors Court estaba a unos pocos kilómetros de distancia. Fuimos en coche y el anfitrión nos recibió en el vestíbulo con su silla de ruedas.

—Son ustedes muy amables al venir —saludó con gran cordialidad—. Han tenido que acabar agotados con la feria. Fue un éxito, Rhoda.

Venables rondaba los cincuenta. Tenía el rostro afilado y una nariz aguileña que sobresalía con arrogancia. Llevaba un cuello rígido que le daba un aire anticuado.

Rhoda hizo las presentaciones.

Venables le sonrió a Ariadne.

—Tuve el placer de conocer a esta dama ayer, en su actividad profesional. Seis de sus libros autografiados para otros tantos regalos de Navidad. Escribe usted muy bien, Mrs. Oliver. Debería publicar más. Los lectores somos insaciables. —Se dirigió a Ginger con una sonrisa—: Faltó poco para que me endosara el pato vivo, jovencita. —Luego me miro a mí—: Me gustó mucho su artículo en el *Review* del mes pasado.

—Fue usted muy amable al asistir a nuestra feria, Mr. Venables —dijo Rhoda—. Después de ese generoso cheque que nos envió, no esperaba su presencia.

—Me interesan estas cosas. Forman parte de la vida rural inglesa. Regresé a casa cargado con una terrible muñeca de la suerte del juego de las anillas, y nuestra Sybil, vestida con un turbante y una tonelada de falsas cuentas egipcias en el pecho, me profetizó un espléndido pero poco creíble futuro.

—Nuestra querida Sybil... —exclamó el coronel Despard—. Esta tarde tomaremos el té con Thyrza. Es una casa antigua muy interesante.

—¿Pale Horse? Sí, hubiera preferido que continuara siendo una posada. Siempre tuve la sensación de que ha tenido una historia muy misteriosa y perversa. No puede haber sido el contrabando, no, aunque estamos lo bastante cerca del mar para eso. ¿Un refugio de bandidos? Viajeros ricos que pasaban la noche allí y de los que nunca se volvió a saber. De todas maneras, me parece un triste destino acabar convertida en la vivienda de tres viejas solteronas.

—¡Yo nunca lo he visto así! —exclamó mi prima—. Sybil Stamfordis, quizá, con los saris, los escarabajos y siempre viendo auras alrededor de las cabezas de todos, resulta un tanto ridícula. Pero hay algo impresionante en Thyrza. Sientes como si supiera lo que piensas. Ella nunca dice que sea clarividente, pero todo el mundo asegura que lo es.

—Y Bella dista mucho de ser una vieja solterona. Ha enterrado a dos esposos —añadió el coronel Despard.

—Le pido humildemente perdón —dijo Venables riendo.

—Los vecinos interpretaron las muertes de un modo siniestro —siguió Despard—. Dicen que la disgustaron, así que ella les echó un mal de ojo, y ellos comenzaron a adelgazar hasta morir.

—Lo había olvidado. Es la bruja local, ¿no?

—Eso afirma Mrs. Calthrop.

—La brujería es una cosa interesante —apuntó Venables pensativamente—. Está en todo el mundo. Recuerdo que, cuando estaba en África Oriental...

Nos hizo un relato fluido y ameno del tema. Habló de los hechiceros africanos y de los cultos poco conocidos de Borneo. Nos prometió que después nos enseñaría algunas máscaras de los brujos de África Occidental.

—En esta casa hay de todo —observó Rhoda riendo.

Venables se encogió de hombros.

—Ya que no puedo ir a la montaña, hago lo posible para que esta venga a mí.

Por un fugaz instante, advertí una súbita amargura

en su tono. Venables echó un rápido vistazo a sus inmóviles piernas.

—«El mundo está tan repleto de cosas...» —citó—. Creo que eso ha sido mi ruina. Hay tantas cosas que quiero saber... ¡Verlas! Bueno, en mis tiempos no lo pasé mal. Incluso ahora. La vida siempre ofrece consuelos.

—¿Por qué aquí? —preguntó Ariadne de pronto.

Los otros se habían sentido ligeramente inquietos, como cuando se presiente la cercanía de la tragedia. Solo Ariadne había permanecido sin inmutarse. Formuló su pregunta porque deseaba que le fuera contestada. Su sincera curiosidad despejó el ambiente.

Venables la interrogó con la mirada.

—Es decir —insistió Ariadne—, ¿por qué ha venido a vivir tan lejos de lo que ocurre en el mundo? ¿Fue porque tenía amigos aquí?

—No. Escogí esta parte del mundo, ya que le interesa saberlo, justamente porque aquí no tenía amigos.

Una débil e irónica sonrisa apareció en su rostro.

«¿Hasta qué punto le habrá afectado su desgracia?», me pregunté. La pérdida de la facultad de andar, de la libertad de movimientos para explorar el mundo, ¿habían amargado su alma? ¿O se había adaptado a la nueva situación, resignado, con una auténtica grandeza de espíritu?

Como si hubiera adivinado mis pensamientos, Venables dijo:

—En su artículo abordó usted el tema del significado del término *grandeza*. Comparó las distintas interpretaciones en Oriente y Occidente. ¿Y qué queremos dar a entender aquí, en Inglaterra, cuando usamos la frase *un gran hombre*?

—A su gran capacidad, desde luego, y también a su entereza moral —repliqué.

Me miró con los ojos brillantes.

—¿Se puede calificar de *grande* a un hombre perverso?

—Por supuesto que sí —afirmó Rhoda—. Napoleón, Hitler y muchos otros. Todos fueron *grandes*.

—¿Por el efecto que produjeron? —preguntó Despard—. Pero, de haberlos conocido uno personalmente, me pregunto si habrían conseguido impresionarnos.

Ginger se inclinó hacia delante, pasándose los dedos por el pelo color zanahoria.

—Una idea interesante —contestó—. ¿No se trataría en realidad de seres patéticos? ¿Personas inadaptadas, decididas a ser alguien, aunque para conseguirlo tuvieran que destruir el mundo?

—¡Oh, no! —replicó Rhoda con vehemencia—. No podrían haber hecho lo que hicieron si hubieran sido así.

—No lo sé —señaló Ariadne—. Después de todo, el más estúpido de los chiquillos es capaz de pegarle fuego a una casa.

—Vamos, vamos —dijo Venables—. No puedo estar de acuerdo con esa moderna interpretación de que el mal es algo que no existe: existe. El mal es poderoso. En ocasiones, más poderoso que el bien. Hay que identificarlo y combatirlo. De otro modo... —abrió los brazos en un elocuente ademán— nos hundiríamos en las tinieblas.

—Naturalmente, a mí me educaron en la creencia en el diablo —explicó Ariadne—. Pero siempre me ha parecido ridículo. Las pezuñas, la cola y todo lo demás, corriendo de un lado para otro como un actor aficionado. Muy a menudo, por supuesto, figura en mis libros un gran cerebro criminal. A la gente le gusta eso. Pero es un personaje al que me cuesta siempre dar vida. Mientras permanece sin identificar, resulta impresionante. En cambio, cuando todo se descubre, se me antoja un elemento totalmente inadecuado. Crea una especie de anticlímax. Una se desenvuelve mucho mejor cuando el asunto gira en torno a un banquero que ha robado a la empresa a la que pertenece o un marido que desea desembarazarse de su mujer para casarse con la institutriz. Es más natural. ¿Me comprenden?

Todos nos echamos a reír y Ariadne insistió en tono de excusa:

—Sé que no me he explicado bien, pero ¿verdad que me han entendido?

Todos dijimos que sabíamos exactamente lo que quería decir.

Capítulo 6

Relato de Mark Easterbrook

Eran las cuatro cuando dejamos Priors Court. Después de un delicioso almuerzo, Venables nos invitó a dar una vuelta por la casa. Realmente había disfrutado enseñándonos sus diversas posesiones. En aquella casa guardaba un auténtico tesoro.

—Debe de nadar en dinero —comenté cuando ya nos habíamos marchado—. Las joyas, las esculturas africanas, y no digamos nada de los Meissen y Bow. Sois afortunados al tenerle de vecino.

—¿Crees que no lo sabemos? La mayoría de la gente que vive aquí es muy agradable, pero más bien aburrida. Mr. Venables constituye una nota exótica.

—¿Cómo ha ganado tanto dinero? —preguntó Ariadne—. ¿O quizá lo ha tenido siempre?

Despard replicó con tono amargo que nadie en la actualidad podía presumir de haber heredado una gran fortuna. Los impuestos y los derechos reales se habrían encargado de que no sucediera.

—Alguien me contó que se inició en la vida como estibador, pero parece bastante improbable. Nunca habla de su niñez, ni de su familia. —Se volvió hacia Ariadne—. Ya tiene a su hombre misterioso.

Ariadne respondió que la gente siempre le estaba ofreciendo cosas que ella no quería.

Pale Horse era una construcción de piedra y madera (madera auténtica, no de imitación). La casa estaba algo retirada de la calle principal. Detrás se vislumbraba un jardín cerrado por una tapia que le daba un atractivo aspecto antiguo.

A mí me desilusionó y así lo dije.

—Poco siniestra —afirmé—. Le falta mucho ambiente.

—Espere a que entremos —me respondió Ginger.

Abandonamos el coche para acercarnos a la puerta, que se abrió en aquel instante.

En el umbral apareció Miss Thyrza Grey, una figura alta y ligeramente masculina, vestida con chaqueta de *tweed* y falda. Tenía el pelo canoso e hirsuto, la frente alta, la nariz ganchuda y unos ojos azules de mirada penetrante.

—Por fin han llegado —dijo con una voz cálida y profunda—. Creía que se habían extraviado.

Por encima de los hombros cubiertos con la chaqueta de *tweed*, atisbé un rostro que se asomaba en el oscuro vestíbulo. Un rostro extraño, de facciones indefinidas, como moldeado con arcilla por un niño que ha estado jugando en el estudio de un escultor. Era el rostro que a veces se ve entre las pinturas de los primitivos italianos o flamencos.

Rhoda nos presentó y explicó que habíamos comido con Mr. Venables en Priors Court.

—¡Ah! —exclamó Miss Grey—. ¡Eso lo explica todo!

Los guisos. ¡Ese cocinero italiano que tiene! Y los tesoros que guarda en su casa. Pobre hombre, necesita algo que lo alegre. Pero entren, entren. Nosotras también nos sentimos muy orgullosas de nuestra casa. Es del siglo XV y parte del XIV.

El vestíbulo era bajo y oscuro, con una escalera de caracol. Había una amplia chimenea y un cuadro enmarcado encima.

—El viejo rótulo de la posada —me informó Miss Grey al advertir mi mirada—. Con esta luz no lo verá muy bien. Un caballo bayo.

—Se lo limpiaré un día de estos —señaló Ginger—. Dije que lo haría. Deje que me lo lleve y quedará sorprendida.

—Tengo mis dudas —replicó Thyrza Grey. Y añadió bruscamente—: Supongamos que se estropea.

—¡Claro que no lo estropearé! —exclamó Ginger irritada—. Es mi trabajo. Trabajo para las London Galleries —explicó dirigiéndose a mí—. Resulta muy divertido.

—Cuesta acostumbrarse a las restauraciones modernas —dijo Thyrza—. Me llevo un susto cada vez que visito la National Gallery. Todos los cuadros parecen haber sido lavados con el detergente de moda.

—No puedo creer que prefiera verlos amarillentos y cubiertos de mugre. —Miró el rótulo—. Podríamos descubrir más cosas. El caballo podría tener un jinete.

Me uní a ella en el examen del rótulo. Era un dibujo burdo, de poco mérito, excepto el dudoso de la antigüedad y la mugre. La pálida figura de un semental destacaba sobre un fondo oscuro e indeterminado.

—¡Eh, Sybil! —gritó Thyrza—. Los visitantes están criticando nuestro caballo. ¡Condenada impertinencia!

Sybil Stamfordis se unió a nosotros.

Era una mujer alta, esbelta, de pelo oscuro y descuidado, con expresión boba y la boca de pescado.

Vestía un sari de un brillante verde esmeralda, que no realzaba en absoluto su figura. Hablaba con voz débil y nerviosa.

—Nuestro muy querido caballo —dijo—. Nos enamoramos del viejo rótulo en cuanto lo vimos. Creo que nos decidió a comprar la casa, ¿no es cierto, Thyrza? Pero entren, entren.

Nos hizo pasar a una pequeña habitación cuadrada, que en su época debió de ser el bar. Estaba adornada ahora con cretonas y muebles Chippendale, y era claramente un cuarto de estar femenino, al estilo rústico. Había jarrones con crisantemos.

Después nos llevaron a ver el jardín, que debía de ser encantador en verano. Cuando volvimos a la casa, el té ya estaba servido. Había sándwiches y pasteles. Mientras nos sentábamos, entró con una tetera de plata la vieja que había visto en la oscuridad del vestíbulo. Llevaba una sencilla bata verde oscuro. La impresión inicial de una cabeza moldeada por un niño se confirmaba al verla de cerca. Era un rostro simplón y primitivo, y no sé por qué había pensado que era siniestro.

Repentinamente, me sentí enfadado conmigo mismo. ¡Todas esas tonterías sobre un hostal rehabilitado y tres viejas!

—Gracias, Bella —dijo Thyrza.

—¿Necesitan algo más? —masculló la anciana.

—No, gracias.

Bella caminó hacia la puerta. Sin mirar a nadie, pero antes de salir, me espió fugazmente. Algo en su mirada me sobresaltó, aunque no sabría decir el motivo. Tenía algo malicioso que parecía penetrar mi intimidad. Me pareció que, sin esfuerzo y casi sin curiosidad, ella sabía lo que yo estaba pensando.

Thyrza Grey notó mi reacción.

—Bella es desconcertante, ¿verdad, Mr. Easterbrook? —preguntó suavemente—. Vi cómo la miraba.

—Es del pueblo, ¿no?

Hice esfuerzos por aparentar un cortés interés.

—Sí, supongo que alguien le habrá dicho que es la bruja local.

Sybil Stamfordis hizo tintinear sus cuentas.

—Vamos, confiese, Mr... Mr...

—Easterbrook.

—Easterbrook. Estoy convencida de que le habrán dicho que somos brujas. Admítalo. Tenemos fama de serlo.

—Y bien merecida —añadió Thyrza divertida—. Sybil tiene grandes dones.

Sybil suspiró complacida.

—Siempre me ha atraído lo oculto. Ya de niña me di cuenta de que disponía de grandes poderes. La escritura automática me llegó de un modo natural. ¡Yo ni siquiera sabía qué era! Me sentaba con un lápiz en la mano, sin tener la más mínima idea de lo que estaba ocurriendo. Por supuesto, siempre he sido hipersensible. En cierta ocasión me desmayé mientras tomaba el té en casa de una amiga. Algo espantoso había sucedido en aquella habitación. ¡Yo lo sabía! ¡Más tarde lo averiguamos! Se había cometido un asesinato veinticinco años atrás. ¡En esa misma habitación!

Con un gesto de asentimiento miró a su alrededor satisfecha.

—Muy curioso —dijo el coronel Despard con un leve tono de disgusto.

—En esta casa han ocurrido cosas siniestras —declaró Sybil—, pero nosotras hemos tomado las medidas necesarias. Los espíritus prisioneros han sido liberados.

—Una especie de limpieza espiritual a fondo —sugerí.

Sybil me miró con un gesto de desdén.

—Su sari tiene un color precioso —opinó Rhoda.

El rostro de Sybil se iluminó.

—Sí, lo compré cuando estuve en la India. Fue un viaje interesantísimo. Estudié yoga y todas esas cosas. Sin embargo, tenía la sensación de que todo era demasiado sofisticado, lejos de lo natural y primitivo. Yo creo que es conveniente volver a los orígenes, a los poderes primitivos. Soy una de las pocas mujeres que han visitado Haití. Allí sí que se entra en contacto con las fuentes iniciales de lo oculto. Desfiguradas en parte, desde luego, por una cierta corrupción, pero la raíz subsiste.

»Me enseñaron mucho, sobre todo cuando se enteraron de que yo tenía hermanas gemelas, mayores que yo. Me dijeron que el niño que nace después de gemelos tiene poderes especiales. Muy interesante, ¿verdad? Sus danzas de la muerte son maravillosas, y toda la parafernalia de la muerte: cráneos humanos, tibias cruzadas. Y las herramientas clásicas de los enterradores: la pala, el pico y el azadón. Se visten con el atuendo de los sepultureros: sombreros de copa, ropas negras.

»El gran maestro es el barón Samedi, quien invoca a Legba, el dios que «retira la barrera». Envía a la Muerte para que haga su obra. Una extraña idea, ¿no?

»Y ahora esto. —Sybil se levantó para coger un objeto

del antepecho de la ventana—. Esto es mi Asson: una calabaza seca adornada con una sarta de cuentas. ¿Ven estas piezas? Son vértebras de serpiente disecadas.

Todos manteníamos expresiones amables, pero sin ningún entusiasmo.

Sybil acarició el horrible juguete afectuosamente.

—Muy interesante —señaló Despard cortésmente.

—Podría contarles muchas cosas más.

En este punto dejé de prestar atención. Las palabras de Sybil llegaban a mis oídos confusamente, mientras continuaba aireando sus conocimientos sobre brujería y vudú: *maître* Carrefour, la Coa, la familia Guidé.

Volví la cabeza y me encontré con que Thyrza me contemplaba con un gesto burlón.

—No cree usted nada de eso, ¿verdad? Se equivoca. No puede achacarlo todo a la superstición, al miedo o al fanatismo religioso. Hay unas verdades y poderes elementales. Siempre han existido y siempre existirán.

—No se lo discuto.

—Un hombre prudente. Venga conmigo, le enseñaré mi biblioteca.

Salimos al jardín y luego a lo largo de la casa.

—La instalamos en lo que antes eran las cuadras —me explicó.

Las cuadras y las demás dependencias auxiliares habían sido convertidas en una gran habitación. Había toda una pared cubierta de libros. Comencé a leer los títulos y no tardé en comentar:

—Tiene usted obras verdaderamente raras, Miss Grey. ¿Es este un *Malleus Maleficarum* original? Posee usted auténticos tesoros.

—¿Verdad que sí?

—Ese grimorio es un ejemplar rarísimo. —Fui sacando volúmenes de los estantes.

Thyrza me contemplaba con un aire de tranquila satisfacción, cuyo origen no comprendía.

Devolví el *Saducismus Triumphatus* a su sitio cuando Thyrza dijo:

—Es muy grato dar con alguien que aprecie nuestros tesoros. La mayoría bosteza o se queda boquiabierta.

—No puede haber mucho sobre brujería, hechizos y todo lo demás que usted no sepa. ¿Cómo nació su interés por esto?

—Es difícil de contestar. Hace tanto tiempo... Comienzas a estudiar una cosa por casualidad y de pronto acabas subyugada. Es un estudio fascinante. ¡Las cosas que llega a creer la gente y la de tonterías que hacen!

Me eché a reír.

—Eso es alentador. Me alegra que no crea todo lo que lee.

—No debe usted equivocarse con la pobre Sybil. Oh, sí, vi su expresión de superioridad. Pero se equivoca. Es una mujer necia en muchos aspectos. Mezcla el vudú, la demonología y la magia negra en un pastiche ocultista, pero tiene el poder.

—¿El poder?

—No sé de qué otra manera podría llamarlo. Existen personas que pueden convertirse en un puente viviente entre este mundo y el de las potencias misteriosas. Sybil es una de ellas. Es una médium de primera categoría. Nunca lo ha hecho a cambio de dinero, pero su don es algo excepcional. Cuando Sybil, Bella y yo...

—¿Bella?

—Sí, Bella posee sus propios poderes. Las tres los tenemos en diferentes grados. Como un equipo.

Thyrza se interrumpió.

—¿Brujas Sociedad Anónima? —sugerí con una sonrisa.

—Podría decirlo así.

Eché un vistazo al volumen que tenía en la mano.

—¿Nostradamus y todo lo demás?

—Nostradamus y todo lo demás.

—Cree en ello, ¿no? —pregunté discretamente.

—No es que lo crea, lo sé.

Habló con una entonación triunfal. La miré atentamente.

—¿Cómo? ¿En qué forma? ¿Por qué razón?

Thyrza señaló los estantes repletos de libros.

—¡Todo esto! ¡La mayor parte son disparates! ¡Qué fraseología tan ridícula! Pero si apartamos las supersticiones y los prejuicios, encontraremos un núcleo de verdad. Solo tiene que disfrazarla, siempre lo ha estado, para impresionar a la gente.

—No estoy seguro de comprenderla.

—Mi querido amigo: ¿por qué en todas las épocas la gente ha acudido al nigromante, al hechicero, al curandero? Solo por dos razones. Hay dos cosas que se desean tanto como para arriesgarse a la condena eterna: el filtro de amor y la copa de veneno.

—¡Ah!

—Es sencillo, ¿no? El amor y la muerte. El filtro de amor para conquistar al hombre amado, la misa negra para conservar al amante. Un filtro que se bebe con la luna llena. El recitado de todos los nombres de diablos o espíritus. El dibujo de símbolos en el suelo y las paredes.

Todo eso es la tramoya. La verdad es el afrodisíaco del filtro.

—¿Y la muerte?

—¿La muerte? —Thyrza soltó una risita extraña que me inquietó—. ¿Le interesa tanto la muerte?

—¿A quién no?

Ella fijó en mí una viva y escrutadora mirada. Me sentí desconcertado.

—La muerte siempre ha generado más negocio que los filtros de amor. Y, sin embargo, ¡qué infantil resultaba todo en el pasado! Por ejemplo, los Borgia y sus famosos venenos secretos. ¿Sabe qué era realmente lo que utilizaban? ¡Arsénico corriente y moliente! Lo mismo que cualquier vulgar esposa envenenadora. Pero desde entonces hemos progresado mucho. La ciencia ha ensanchado las fronteras.

—¿Con venenos indetectables? —Mi voz era escéptica.

—¡Venenos! Eso es un *vieux jeu,* cosas de críos. Existen nuevas perspectivas.

—¿Tales cómo?

—La mente. El conocimiento de lo que es la mente, de lo que es capaz de hacer, de cómo se puede manejar.

—Por favor, continúe. Esto es muy interesante.

—El principio es bien conocido. Los curanderos lo han empleado en las comunidades primitivas durante siglos. No necesitas matar a la víctima, solo necesitas decirle que se muera.

—¿Sugestión? Pero no funciona a menos que la víctima se lo crea.

—Usted se refiere a que no resulta con los europeos —me corrigió—. A veces sí, pero esa no es la cuestión.

Hemos llegado mucho más lejos que el hechicero. Los psicólogos nos han enseñado el camino. ¡El deseo de la muerte! Está presente en todos nosotros. ¡Hay que explotarlo! Machacar en el deseo de muerte.

—Es una idea interesante —acepté con un apagado interés científico—. ¿Influir en el sujeto para que se suicide?

—Aún continúa usted retrasado. ¿Ha oído hablar de las enfermedades psicosomáticas?

—Por supuesto.

—Personas que, arrastradas por un deseo inconsciente de evitar el regreso al trabajo, desarrollan enfermedades auténticas. Nada de simulaciones, sino enfermedades reales con síntomas, con dolores reales. Durante mucho tiempo han sido un rompecabezas para los médicos.

—Comienzo a entender lo que quiere decir.

—Para destruir al sujeto, el poder debe concentrarse en el yo inconsciente. El deseo de muerte, que existe en todo ser humano, se ha de estimular, potenciarlo. —Thyrza se mostraba cada vez más agitada—. ¿No comprende? Una enfermedad real inducida por el deseo de autodestrucción. Desea estar enfermo, desea morir y, por consiguiente, se pone enfermo y muere.

Echó la cabeza hacia atrás en un arrogante gesto. De pronto sentí mucho frío. Una sarta de disparates, desde luego. La mujer estaba un poco loca. Y sin embargo...

Ella se echó a reír inesperadamente.

—¿Qué? ¿No me cree?

—Es una teoría fascinante, Miss Grey, que coincide con el pensamiento moderno, lo admito. Pero ¿cómo se estimula el deseo de morir?

—Ese es mi secreto. ¡Cómo hacerlo! ¡Los métodos! Existen comunicaciones sin contactos. No tiene más que pensar en la radio, el radar, la televisión. Los experimentos de percepción extrasensorial no han progresado todo lo que el público esperaba porque no han dado con el principio básico. A veces se consigue por accidente, pero en cuanto se sabe cómo actúa, se puede repetir cuantas veces se quiera.

—¿Puede usted conseguirlo?

No me respondió enseguida. Se apartó un poco.

—¿No pretenderá, Mr. Easterbrook, que le revele todos mis secretos?

La seguí hacia la puerta que daba al jardín.

—¿Por qué me ha contado todo eso?

—Usted comprende mis libros. En ocasiones se necesita hablar con alguien. Y, además...

—¿Qué?

—Tengo la sensación de que a Bella le ha sucedido lo mismo... Usted puede necesitarnos.

—¿Necesitarlas?

—Bella cree que usted ha venido aquí a buscarnos. Casi nunca se equivoca.

—¿Por qué había de querer «buscarlas»?

—Eso —declaró Thyrza Grey pausadamente— no lo sé todavía.

Capítulo 7

Relato de Mark Easterbrook

—¡Oh, estáis ahí! Nos preguntábamos dónde os encontrabais. —Rhoda entró seguida de los demás. Echó un vistazo a su alrededor—. ¿Es aquí donde celebráis vuestras *séances*?

—Está usted bien informada. —Thyrza Grey rio alegremente—. En los pueblos todo el mundo conoce tus cosas mejor que uno mismo. Según me han dicho, disfrutamos de una espléndida y siniestra reputación. Cien años atrás nos hubieran ahogado, lapidado o quemado en la hoguera. A una de mis tías tatarabuelas la quemaron por bruja en Irlanda. ¡Qué tiempos aquellos!

—Siempre creí que era usted escocesa.

—Por la rama paterna, de ahí la clarividencia. Soy irlandesa por parte de madre. Sybil es nuestra pitonisa. Tiene orígenes griegos. Bella representa a la vieja Inglaterra.

—Un macabro cóctel humano —observó Despard.

—Llámelo como quiera.

—¡Divertido! —exclamó Ginger.

Thyrza le dirigió una fugaz mirada.

—Sí, a su manera. —Se volvió hacia Ariadne—. Debería escribir un libro con un asesinato perpetrado por medio de la magia negra. Puedo facilitarle toda la documentación que precise.

Ariadne parpadeó un tanto avergonzada.

—No escribo sobre crímenes paranormales —replicó con acento de excusa.

El tono era el mismo de aquel que dice: «A mí solo me gusta la cocina sencilla».

—Solo sobre personas —añadió— que quieran matar a otra y se pasen de listos.

—A mí me resultan demasiado complicados —terció el coronel. Consultó su reloj—. Rhoda, creo que...

—Tenemos que irnos. Es mucho más tarde de lo que imaginaba.

Intercambiamos los saludos de rigor. No volvimos a pasar por la casa, sino que la rodeamos para salir por una puerta lateral.

—Tienen ustedes muchas aves de corral —observó Despard mirando el gallinero.

—Odio las gallinas —declaró Ginger—. Cloquean de una forma tan irritante...

—La mayoría son gallos —señaló Bella, que acababa de salir por la puerta posterior.

—Gallos blancos —observé.

—¿Para comer? —preguntó Despard.

—Nos son útiles —respondió Bella.

Sus labios formaban una larga línea curva a través del rostro informe. En sus ojos había una mirada de astucia.

—Estos son los dominios de Bella —explicó Thyrza.

Sybil Stamfordis apareció en la puerta principal para sumarse a la despedida.

—No me gusta nada esa mujer —afirmó Ariadne cuando nos alejábamos en el coche—. Nada.

—No debe tomar a Thyrza demasiado en serio —le aconsejó Despard—. Disfruta hablando sobre estos temas y observando el efecto que produce.

—No me refería a ella. Es una mujer sin escrúpulos, dispuesta a aprovechar cualquier ocasión. Pero no es peligrosa como la otra.

—¿Bella? Admito que es un tanto misteriosa...

—Tampoco me refiero a Bella. Me refiero a Sybil. Parece simplemente tonta. Todas esas cuentas y trapos, todo eso sobre el vudú y las fantásticas reencarnaciones. ¿Por qué nunca renacen en una vulgar cocinera o una fea aldeana? Siempre son princesas egipcias o las bellas esclavas babilónicas. Muy sospechoso. Sin embargo, aunque es una estúpida, tengo la sensación de que es capaz de hacer cosas, conseguir que ocurran hechos raros. Nunca me expreso correctamente, pero quiero decir que alguien podría utilizarla, precisamente por ser tan necia. No creo que nadie haya entendido lo que quiero decir —terminó Ariadne patéticamente.

—Yo sí —afirmó Ginger—. No me extrañaría nada que tuviese razón.

—Deberíamos asistir a una de esas *séances* —dijo Rhoda con un tono de añoranza—. Podría ser divertido.

—No, no lo harás —replicó Despard con firmeza—. No quiero que te mezcles en asuntos de ese tipo.

El matrimonio comenzó una animada discusión. Presté atención solo cuando Ariadne preguntó por el horario de los trenes de la mañana siguiente.

—Puedes irte conmigo, en coche.

Ariadne vaciló.

—Creo que será mejor que me vaya en tren.

—Venga, ya has viajado conmigo en otras ocasiones. Soy un conductor responsable.

—No es eso, Mark. Es que mañana tengo que ir a un funeral. No me es posible retrasar la llegada a la ciudad. —Suspiró—. Odio los funerales.

—¿Debes ir?

—En este caso creo que sí. Mary Delafontaine era una muy y querida amiga, y a ella le hubiera gustado que fuera. Ya sabes cómo son algunas personas.

—Desde luego —exclamé—, Delafontaine, por supuesto.

Los otros me miraron sorprendidos.

—Lo siento, solo me preguntaba dónde había oído el apellido Delafontaine últimamente. Fuiste tú, ¿verdad? —Miré a Ariadne—. Tú hablaste de que ibas a visitarla. Se encontraba en una clínica.

—¿Yo? Es probable.

—¿De qué murió?

Ariadne frunció el entrecejo.

—Polineuritis tóxica o algo parecido.

Ginger me observaba con curiosidad. Su mirada era viva y penetrante.

En cuanto nos apeamos del coche, dije bruscamente:

—Voy a dar un paseo. Tanta comida... Ese banquete y luego el té. Hay que digerirlo de alguna forma.

Me marché a buen paso antes de que nadie pensara en acompañarme. Quería estar solo y ordenar mis ideas.

¿Qué significaba todo ese asunto? Necesitaba tenerlo claro. Todo había comenzado con aquella casual pero sorprendente observación de Poppy de que si querías librarte de alguien, había que ir a Pale Horse.

Después había tenido lugar mi encuentro con Jim Corrigan y su lista de nombres relacionada con la muerte del padre Gorman. Aparecía el apellido Hesketh-Dubois y el de Tuckerton, lo que me hizo recordar el episodio del café de Luigi. También figuraba el nombre Delafontaine, vagamente familiar. Había sido Ariadne quien lo había mencionado, aludiendo a una amiga enferma. Y esta acababa de morir.

A continuación, y sin un motivo preciso, había ido a incordiar a Poppy a su cueva floral. Y la chica había negado vehementemente saber nada de un lugar llamado Pale Horse. Y lo que era más significativo: Poppy tenía miedo.

Hoy había tropezado con Thyrza Grey.

Pero, seguramente, Pale Horse y sus ocupantes eran una cosa y la lista otra, ambas sin ninguna relación aparente. ¿Por qué diablos mi cabeza se obstinaba en relacionarlos? ¿Por qué?

Mrs. Delafontaine, probablemente, había vivido en Londres. El domicilio de Thomasina Tuckerton estaba en Surrey. Ninguna de las personas de la lista tenía nada que ver con el pequeño pueblo de Much Deeping. A menos...

Me estaba acercando al King's Arms. Era un pub auténtico con aires de ir a más. Un cartel recién pintado anunciaba que se servían comidas y té.

Empujé la puerta y entré. El bar, todavía cerrado, quedaba a la izquierda, y a la derecha había una salita que olía a tabaco. Junto a la escalera vi otro cartel: DESPACHO. El despacho consistía en una ventana herméticamente cerrada y una tarjeta: PULSE EL TIMBRE. Todo el lugar tenía el aspecto desierto de los bares a esta hora del día. En un estante junto a la ventana estaba el manoseado registro de visitantes. Lo abrí y pasé varias páginas. El lugar era poco frecuentado. Había cinco o seis anotaciones correspondientes a una semana, casi todas por estancias de una noche. Miré otras páginas, fijándome en los apellidos.

No tardé mucho en cerrar el libro. Seguía sin aparecer nadie. En realidad, era demasiado pronto para comenzar con las preguntas. Salí otra vez a la calle. La humedad aumentó la sensación de calor.

¿Sería una simple coincidencia que un Sandford y un Parkinson se hubieran hospedado en King's Arms el pasado año? Ambos nombres se encontraban en la lista de Corrigan, aunque eran bastante comunes. Pero, además, había visto otro: el de Martin Digby. De ser el Martin Digby que yo conocía, se trataba del sobrino nieto de la mujer a quien yo había llamado siempre tía Min, es decir, lady Hesketh-Dubois.

Apreté el paso sin saber adónde me encaminaba. Ardía en deseos de hablar con alguien. Con Jim Corrigan o con David Ardingly. O con Hermia, siempre calmada y juiciosa. Me encontraba a solas con mis caóticos pensamientos y necesitaba compañía. Francamente, quería a alguien con quien discutir las ideas que me asaltaban.

Después de vagar una media hora por senderos enfangados, acabé ante la verja de la casa del pastor, crucé el jardín por un camino muy mal cuidado y tiré de la cadena oxidada de la vieja campanilla junto a la puerta principal.

—No suena —me informó la esposa del pastor, que apareció en la puerta como por arte de magia.

Ya lo había sospechado.

—La han reparado dos veces —añadió—. Pero no dura nada. Así que debo mantenerme alerta, por si surge algo importante. Lo suyo lo es, ¿verdad?

—Sí, bueno, lo es para mí, quiero decir.

—Sí, claro, a eso me refería. —Me contempló pensativamente—. Imagino que se trata de algo grave. ¿A quién quiere ver? ¿Al pastor?

—No estoy seguro.

Había venido a ver al pastor, pero ahora, inesperadamente, dudaba. ¿Por qué? No lo sabía muy bien. Mrs. Calthrop se hizo cargo.

—Mi marido es un hombre muy bueno, además de ser el pastor. Eso en ocasiones hace las cosas difíciles. La gente buena no comprende realmente el mal. —Hizo una pausa y añadió en un tono decidido—: Creo que será mejor que hable usted conmigo.

Esbocé una leve sonrisa.

—¿El mal es su especialidad?

—Sí, lo es. En una parroquia es importante saberlo todo sobre los diversos pecados que se cometen.

—¿El pecado no es cosa de su esposo? ¿Su trabajo oficial, por decirlo así?

—El perdón de los pecados —me corrigió ella—. Él puede dar la absolución. Yo no. Pero yo —declaró con una expresión de complacencia— se los ordeno y clasifico. Y si estás enterada, puedes evitar perjuicios a otras personas. A veces no se puede ayudar al prójimo. Mejor dicho: yo no puedo. Solo Dios llama al arrepentimiento, como usted sabe. O quizá no lo sepa. Mucha gente no lo sabe en nuestros días.

—Me es imposible competir con su experiencia —declaré—. En cambio, me gustaría evitar un daño al prójimo.

Me echó una rápida ojeada.

—¿Conque es eso? Entonces, será mejor que entre y estaremos más cómodos.

La sala de la vicaría era grande y destartalada. Resultaba sombría por culpa de los arbustos exteriores que nadie se había preocupado de podar. Pero, por alguna causa que yo desconocía, la oscuridad no resultaba lúgubre. Por el contrario, inducía al descanso. Las grandes sillas destartaladas conservaban las huellas de los innumerables cuerpos que se habían acomodado en ellas con los años. En la repisa de la chimenea, un enorme reloj producía un sonoro tictac con confortable regularidad. Aquí siempre habría tiempo para hablar, para decir lo que se deseaba decir, para desentenderse de las preocupaciones del deslumbrante mundo exterior.

Aquí, muchas jóvenes que se habían encontrado en la tesitura de ser madres, habían confiado sus problemas a Mrs. Calthrop y habían recibido un consejo sensato, aunque no siempre ortodoxo. Aquí, parientes furiosos habían desahogado sus resentimientos contra los familiares políticos, y muchas madres habían sostenido que su Bob no era tan malo como todo eso, y que lo de enviarlo a un reformatorio era una medida absurda. Maridos y esposas habían aireado sus diferencias.

Y aquí estaba yo, Mark Easterbrook, erudito, escritor, hombre de mundo, enfrentado a una mujer de pelo canoso y bonitos ojos, dispuesto a descargar mis inquietudes en su regazo. ¿Por qué? Lo ignoraba. Solo tenía la extraña seguridad de que era la persona adecuada.

—Esta tarde hemos tomado el té con Thyrza Grey —comencé.

Con Mrs. Calthrop el diálogo no resultaba difícil. Ayudaba a su interlocutor.

—¡Ah! Le ha trastornado, ¿verdad? Esas tres mujeres son un plato fuerte. Me pregunto qué persiguen con tantos alardes. Sé por experiencia que los perversos no se vanaglorian. Guardan silencio sobre sus iniquidades. Es como si a ellas no les importara hablar de sus pecados porque no son tan graves. Los pecados son algo malvado, ruin e innoble. Es terriblemente necesario hacer que parezcan grandes e importantes. Las brujas de los pueblos son unas viejas ridículas y quisquillosas a quienes les gusta atemorizar a los demás y conseguir algo a cambio de nada. Es tremendamente fácil de hacer. Cuando las gallinas de Mrs. Brown se mueren, no tiene más que decir torvamente: «Ah, su hijo Billy persiguió a mi gato el otro día».

»Bella Webb puede que sea solo una bruja de ese estilo, pero podría ser también algo más. Algo que procede de los más remotos tiempos y que aparece de vez en cuando en los pueblos rurales. Asusta cuando se presenta, porque es auténtica malevolencia y no solamente por el afán de impresionar. Sybil Stamfordis es una de las mujeres más necias que he conocido, pero es una médium, sea lo que sea una médium. Thyrza..., no sé. ¿Qué le contó? Supongo que le dijo algo desconcertante.

—Tiene usted una gran experiencia. Por todo lo que conoce o ha oído, ¿diría usted que un ser humano puede ser aniquilado por otro a distancia, sin ningún contacto visible?

Los ojos de Mrs. Calthrop se dilataron un poco.

—Al decir aniquilado, ¿quiere decir asesinado? ¿Un hecho físico?

—En efecto.

—Yo diría que eso es un disparate —declaró resueltamente.

—¡Ah! —exclamé aliviado.

—Naturalmente, puedo equivocarme. Mi padre decía que los aviones eran un desatino y lo más probable es que mi tatarabuelo opinara lo mismo de los trenes. Los dos tenían razón. En sus tiempos, ambas cosas eran imposibles. Hoy no lo son. ¿Qué hace Thyrza? ¿Lanza un rayo de la muerte o algo parecido? ¿O las tres pintan estrellas de cinco puntas y formulan sus deseos?

Sonreí.

—Me está usted ayudando a ver las cosas claras. Quizá me he dejado hipnotizar por esa mujer.

—No, usted no es una persona sugestionable. Tiene que haber algo más, algo que sucedió antes, antes de todo esto.

—Tiene usted razón.

Le hice un breve relato del asesinato del padre Gorman y la casual mención de Pale Horse en el club nocturno. Después saqué la lista que había copiado del papel que Corrigan me había mostrado.

Mrs. Calthrop frunció el entrecejo.

—¿Qué tienen en común estas personas?

—No estamos seguros. Quizá se trate de chantaje o de drogas.

—Tonterías. No es eso lo que le preocupa a usted. Lo que en realidad cree es que todas esas personas están muertas.

Suspiré profundamente.

—Sí, eso es lo que creo. Pero no lo puedo asegurar. Tres están muertas: Minnie Hesketh-Dubois, Thomasina Tuckerton y Mary Delafontaine. Las tres fallecieron por causas naturales, que es lo que Thyrza Grey sostiene que puede suceder.

—¿Quiere decirme que ella afirma haberlo hecho?

—No, no. No se refirió a personas concretas. Habló de lo que ella considera una posibilidad científica.

—A primera vista eso parece una tontería.

—Lo sé. Y me habría reído de todo eso de no ser por la sorprendente mención de Pale Horse.

—Sí, Pale Horse. Muy sugerente.

Se produjo un silencio. Luego ella levantó la cabeza.

—Un mal asunto, muy malo, ciertamente. Haya lo que haya detrás, es preciso detenerlo. Pero usted ya lo sabe.

—Sí, sí, pero ¿qué se puede hacer?

—Tendrá que averiguarlo. Y no hay tiempo que perder. —Mrs. Calthrop se puso en pie—. Debe ocuparse de eso enseguida. ¿No tiene ningún amigo que pueda ayudarle?

Me puse a pensar. ¿Jim Corrigan? Un hombre muy ocupado y que, además, ya estaba haciendo lo que podía. David Ardingly. ¿Creería David una sola palabra de toda aquella historia? ¿Hermia? Sí. Tenía a Hermia. Un cerebro despejado, una lógica admirable. Un bastión si lograba convencerla para que se convirtiese en mi aliada. Después de todo, ella y yo... No terminé la frase. Hermia era mi amiga. Era la persona más indicada.

—¿Ha pensado ya en alguien? Perfecto.

Mrs. Calthrop se mostraba enérgica y eficiente.

—Yo vigilaré a las tres brujas. Tengo la impresión de

que ellas no son realmente la respuesta. Es como cuando la Stamfordis recita una sarta de idioteces sobre los misterios egipcios y las profecías de los textos de la pirámide. Solo dice tonterías, pero las pirámides existen, los textos y los misterios. No, creo que Thyrza Grey sabe alguna cosa o la conoce de oídas, y la utiliza para darse importancia y sostener que controla poderes ocultos. La gente se enorgullece de sus iniquidades. Es extraño que los buenos no se vanaglorien de sus virtudes. Claro que aquí es donde entra la humildad cristiana. Ni siquiera saben que son buenos.

Guardó silencio un momento y añadió después:

—Lo que nosotros necesitamos es un vínculo de alguna clase. Un vínculo entre uno de esos nombres y Pale Horse. Algo tangible.

Capítulo 8

El detective inspector Lejeune oyó silbar la tonada de *Father O'Flynn,* y levantó la cabeza cuando entró el doctor Corrigan.

—Lamento disentir —manifestó el forense—, pero el conductor del Jaguar no tenía ni una gota de alcohol en el cuerpo. Lo que el agente Ellis olió en su aliento fue efecto de su imaginación o una halitosis.

Pero Lejeune no sentía el menor interés por las infracciones de los conductores.

—Venga y échele un vistazo a esto.

El doctor cogió la carta que el inspector le alargaba. La escritura era menuda y clara. En el encabezamiento se leía: «Everest, Glendower Close, Bournemouth».

Estimado inspector Lejeune:

Quizá recuerde su petición de que me pusiera en contacto con usted si por casualidad veía al hombre que seguía al padre Gorman la noche que lo asesinaron. He estado atento a las personas que se movían por las cercanías de mi establecimiento sin ningún resultado positivo.

Sin embargo, ayer tuve ocasión de asistir a una feria parroquial en un pueblo a unos treinta kilómetros de aquí. Me atrajo el hecho de que Mrs. Oliver, la conocida escritora de novelas policíacas, asistiría para firmar sus libros. Soy un lector apasionado de novelas de ese estilo y tenía curiosidad por conocer a la dama.

Para mi gran sorpresa, al que encontré fue al hombre que pasó delante de mi farmacia la noche del asesinato del padre Gorman. Debe de haber sufrido un accidente porque iba en silla de ruedas. Pregunté discretamente quién era. Se llama Venables y vive en el pueblo. El lugar de su residencia es Priors Court, en Much Deeping. Se dice que es un individuo de considerable fortuna.

Confiando en que estos detalles le serán de utilidad, queda a su disposición, con afecto,

Zachariah Osborne

—¿Y bien? —preguntó Lejeune.

—Suena muy improbable —contestó Corrigan.

—A primera vista, sí. Pero no estoy tan seguro.

—Ese tipo, Osborne, no pudo haber visto claramente la cara de nadie en una noche de niebla como aquella. El parecido será casual. Ya sabe cómo es la gente. Llaman de todas partes diciendo que han visto a una persona desaparecida, y nueve de cada diez veces ni siquiera se parece a la descripción.

—Osborne no es de esos.

—¿Qué clase de hombre es?

—Es un respetable farmacéutico chapado a la antigua. Todo un personaje y gran observador de las personas. Uno de los sueños de su vida es aparecer como testigo e identificar al marido que envenenó a su esposa con el arsénico comprado en su establecimiento.

Corrigan se echó a reír.

—En ese caso, es un ejemplo evidente de predisposición.

—Quizá.

Corrigan le miró con curiosidad.

—¿De modo que cree que puede haber algo de verdad en eso? ¿Qué va usted a hacer?

—No perderemos nada si investigamos discretamente a Mr. Venables —miró la carta— de Priors Court, en Much Deeping.

Capítulo 9

Relato de Mark Easterbrook

—¡Qué cosas tan emocionantes ocurren en el campo! —exclamó Hermia con ligereza.

Acabábamos de cenar. Delante de nosotros teníamos el café.

Miré a Hermia. Sus palabras no eran las que había esperado oír. Había dedicado el último cuarto de hora a explicarle mi historia. Ella la había escuchado con interés, pero su respuesta no correspondía a mis expectativas. El tono de su voz era indulgente. No parecía impresionada ni conmovida.

—La gente que asegura que el campo es aburrido y las ciudades la mar de divertidas no sabe lo que dice —añadió—. La última de las brujas se ha ido a refugiar en una choza destartalada, jóvenes degenerados celebran misas negras en remotas fincas solariegas. Las supersticiones constituyen algo corriente en las aisladas aldeas. Viejas solteronas haciendo sonar sus falsos escarabajos, que organizan *séances* y llenan cuartillas con escritura automática. Se podría escribir una serie de artículos muy interesantes. ¿Por qué no lo pruebas?

—Creo que no has comprendido lo que te he contado, Hermia.

—¡Pues lo he hecho, Mark! Creo que es terriblemente interesante. Es una página sacada de la historia, todo el folclore de la Edad Media.

—No me interesa la historia —respondí irritado—. Lo que me importa son los hechos. Una lista de nombres en una hoja de papel. Sé lo que les ha ocurrido a algunas de esas personas. ¿Qué va a sucederles a las otras?

—¿No estás dejándote llevar demasiado lejos?

—No —repliqué obstinadamente—. No lo creo. Presumo que la amenaza es real. Y no soy solo yo quien piensa así. La esposa del pastor está de acuerdo conmigo.

—¡Oh! La esposa del pastor. —La voz de Hermia sonó desdeñosa.

—¡No digas «la esposa del pastor» con ese tono! Es una mujer fuera de lo común. Todo es real, Hermia.

Ella se encogió de hombros.

—Tal vez.

—¿No compartes mi opinión?

—Creo que tu imaginación te está gastando una jugarreta, Mark. Diría que tu trío de viejas se lo creen a pies juntillas. Estoy segura de que son unas ancianas muy desagradables.

—Pero ¿no siniestras?

—¡Venga, Mark! ¿Cómo van a serlo?

Guardé silencio por un momento. Dudé, pasando de la luz a la oscuridad, y viceversa. La oscuridad de Pale Horse y la luz que era Hermia. La luz de la sensatez, la bombilla eléctrica, bien enroscada en su casquillo, que iluminaba todos los rincones. Allí no había nada, nada de nada, solo los objetos corrientes que se encuentran en las habitaciones. Y, sin embargo, la luz de Hermia, por mucho que lo iluminaba todo, no dejaba de ser una luz artificial.

Resueltamente obstinado, seguí en mis trece.

—Quiero indagar en este asunto, Hermia. Llegar al fondo de la cuestión.

—Me parece bien, debes hacerlo. Resultará interesante. En realidad, será muy divertido.

—¡De divertido nada! Por cierto, quería preguntarte si me echarías una mano.

—¿Echarte una mano? ¿Cómo?

—Colaborando conmigo. Quiero que me ayudes en la investigación. Descubrir qué hay de verdad en todo esto.

—Pero, querido Mark, estoy terriblemente ocupada. Tengo que preparar mi artículo para el *Journal.* Y luego está lo de Bizancio. Además, les he prometido a dos de mis alumnos...

Continuó el recitado razonable, sensato. Apenas la escuchaba.

—Comprendo. Tienes demasiadas cosas que hacer.

—Así es.

Hermia no disimuló su alivio ante mi aquiescencia. Me sonrió. Una vez más me sorprendió su indulgente expresión. La misma de una madre al ver a su pequeño entusiasmado con un nuevo juguete.

Pero, maldita sea, yo no era ningún niño. No buscaba a una madre y, menos aún, de aquel tipo. La mía había sido a la vez encantadora, hermosa y desvalida, y todos, incluido su hijo, habíamos disfrutado muchísimo cuidándola.

Estudié a Hermia desapasionadamente. Elegante, madura, culta. Y muy... ¿Cómo podría definirla? ¡Sí, terriblemente aburrida!

A la mañana siguiente intenté inútilmente ponerme en contacto con Jim Corrigan. Le dejé recado, invitándole a tomar una copa en mi casa entre las seis y las siete. Era un hombre muy ocupado y dudaba de que pudiese venir, habiéndole avisado con tan poco tiempo, pero se presentó cuando faltaban diez minutos para las siete. Mientras le preparaba un whisky, curioseó los cuadros y los libros. Finalmente se sentó en un sillón y comentó que no le habría importado ser un emperador mogol en vez de un médico forense sobrecargado de trabajo.

—Aunque diría —prosiguió— que ellos no terminan nunca de escuchar las quejas femeninas. Yo, al menos, me libro de eso.

—¿No te has casado?

—Ni pienso hacerlo. Y supongo que tú tampoco, a juzgar por el confortable desorden en que vives. Una esposa lo hubiera ordenado todo en menos que canta un gallo.

Le contesté que a mí las mujeres no me parecían tan malas como las pintaba.

Me instalé en el otro sillón con mi vaso de whisky.

—Te preguntarás por qué deseaba hablar contigo con tanta urgencia. En realidad, ha surgido algo que puede tener relación con el tema que abordamos en nuestro último encuentro.

—¿Qué fue? Ah, claro. El asesinato del padre Gorman.

—Sí, pero, antes de nada, respóndeme: ¿te dice algo Pale Horse?

—Pale Horse... Pale Horse... No, no creo. ¿Por qué?

—Porque creo que es posible que guarde relación con tu lista de nombres. He estado en el campo con unos amigos, en un pueblo llamado Much Deeping. Allí me llevaron a un viejo pub, o lo que fue un viejo pub, llamado Pale Horse.

—¡Espera un momento! ¿Much Deeping? Much Deeping. ¿Cae cerca de Bournemouth?

—Está a unos veinticinco kilómetros.

—¿Supongo que no te has cruzado con un tal Venables?

—Claro que le he conocido.

—¿De veras? —Corrigan se irguió entusiasmado—. Desde luego, sabes elegir los sitios. ¿Cómo es Venables?

—Es un tipo muy notable.

—Lo es, ¿verdad? ¿Notable en qué aspecto?

—Posee una acusada personalidad. Aunque está paralítico...

Corrigan me interrumpió bruscamente.

—¿Cómo?

—Sí, tuvo poliomielitis hace algunos años. Está paralizado de cintura para abajo.

Corrigan se echó hacia atrás con una expresión de disgusto.

—¡Eso lo echa todo a rodar!

—No te entiendo. ¿Qué quieres decir?

—Tienes que ir a ver al inspector Lejeune. Tu información le interesará mucho. Cuando asesinaron a Gorman, Lejeune requirió la colaboración de todas aquellas personas que hubiesen visto al sacerdote aquella noche. La mayoría de las respuestas fueron inútiles, como de costumbre. Pero apareció un farmacéutico llamado Osborne que tiene su establecimiento allí. Afirmó que había visto pasar a Gorman por delante de la farmacia, seguido de cerca por otro hombre. Naturalmente, en aquellos instantes no dio importancia al hecho, pero ofreció una descripción muy detallada del tipo. Estaba seguro de reconocerlo si lo veía de nuevo. Hace un par de días, Lejeune recibió una carta de Osborne. Está retirado y vive en Bournemouth. Había asistido a una feria, donde vio al hombre en una silla de ruedas. Osborne preguntó quién era y le dijeron que se llamaba Venables.

Mi amigo me miró inquisitivamente. Yo asentí.

—Es verdad. Era Venables. Asistió a la feria. Pero no es posible que fuera el hombre que seguía al padre Gorman en una calle de Paddington. Es físicamente imposible. Osborne se ha equivocado.

—Lo describió meticulosamente. Metro ochenta de estatura, nariz prominente y una notable nuez. ¿Correcto?

—Sí, sí. Esas señas coinciden con las de Venables. Sin embargo...

—Lo sé. Osborne no es tan buen fisonomista como cree. Está claro que se confundió con el parecido. Pero es desconcertante que vuelvas de un viaje por ese pueblo hablando de un caballo bayo o lo que sea. ¿Qué significa eso? Vamos, cuéntame la historia.

—No la creerás. En realidad, ni yo mismo le doy crédito.

—Habla, te escucho.

Le referí mi conversación con Thyrza Grey. Su reacción fue inmediata.

—¡Qué disparate!

—¿Verdad que sí?

—¡Por supuesto! ¿Qué te ha pasado, Mark? Gallos blancos, sacrificios. Una médium, la bruja de la localidad, una solterona campesina capaz de lanzar un rayo mortal. Todo eso es una locura, hombre.

—Sí, es una locura.

—Deja de darme la razón. Con ello me confirmas que hay algo detrás de todo eso. Crees que lo hay, ¿verdad?

—Deja que primero te haga una pregunta. Todas esas pamplinas sobre el secreto deseo de morir, ¿tienen alguna base científica?

Corrigan vaciló un momento. Después me contestó:

—Yo no soy psiquiatra. Entre tú y yo, creo que la mitad de esos tipos están un poco tocados. Se emborrachan con sus teorías. Llegan demasiado lejos. Te aseguro que a la policía no le caen bien los expertos médicos que presenta la defensa para justificar que un tipo mata a una vieja indefensa para robarle el dinero de la caja.

—¿Prefieres tu teoría glandular?

—Está bien, está bien. Yo también soy un teórico. Lo admito. No obstante, hay una buena razón física para una teoría, si consigo encontrarla. En cuanto a todas estas estupideces del subconsciente... ¡Bah!

—¿No crees en el subconsciente?

—Desde luego que creo. Pero esos tipos abusan. Hay algo de verdad en lo del «inconsciente deseo de la muerte» y todo lo demás, aunque no tanto como ellos pretenden hacer ver.

—Pero existe —insistí.

—Lo mejor sería que te compraras un libro sobre psicología y lo leyeras de cabo a rabo.

—Thyrza Grey sostiene que ella lo sabe todo sobre la materia.

—¡Thyrza Grey! —exclamó Corrigan—. ¿Qué puede saber una solterona en un pueblo de mala muerte sobre psicología?

—Ella afirma que sabe mucho.

—Nada. Lo que te dije antes: ¡un disparate!

—Eso es lo que la gente ha dicho siempre ante cualquier descubrimiento en desacuerdo con las ideas imperantes. ¿Barcos de hierro? ¿Aviones? ¡Qué desatino!

Me interrumpió.

—De manera que te lo has tragado todo.

—Nada de eso. Solo quería saber si existía una base científica.

Corrigan bufó desdeñoso.

—¿Base científica? ¡Y un cuerno!

—De acuerdo, solo quería saberlo.

—Lo próximo que dirás será que es la mujer con la caja.

—¿A qué te refieres?

—A uno de esos fantásticos relatos de Nostradamus y la madre Shipton. Hay gente que se lo cree todo.

—Al menos podrías informarme de cómo te va con tu lista.

—Los chicos han estado trabajando mucho, pero estas cosas requieren tiempo y mucho trabajo rutinario. Unos apellidos sin direcciones ni nombres de pila no son fáciles de rastrear o identificar.

—Adoptemos otro punto de vista. Te apuesto lo que quieras a que en un período relativamente reciente, un año o año y medio, cada uno de esos nombres ha aparecido en un certificado de defunción.

Mi amigo me miró con una expresión extraña.

—Quizá tengas razón, aunque no significa gran cosa.

—Eso es lo que tienen todos en común: la muerte.

—Sí, quizá no resulte tan prometedor como parece, Mark. ¿Tienes alguna idea sobre la cantidad de personas que fallecen cada día en las islas Británicas? Y algunos de esos apellidos son muy corrientes, lo cual no es precisamente una ayuda.

—Delafontaine. Mary Delafontaine. Este apellido no es nada común, ¿verdad? Su funeral tuvo lugar el martes pasado.

La mirada de Corrigan era ahora escrutadora.

—¿Cómo te has enterado? Lo leíste en el periódico, supongo.

—Lo supe por una amiga de la difunta.

—No hubo nada sospechoso en su muerte. Puedo asegurártelo. Ocurre lo mismo con los restantes fallecimientos investigados por la policía. Si hubiesen sido «accidentes», habría motivos para sospechar. Pero fueron unas defunciones completamente normales: pulmonía, hemorragia cerebral, tumor cerebral, cálculos biliares, un caso de polio, nada sospechoso en absoluto.

—Nada de accidentes, nada de envenenamientos. Únicamente enfermedades que conducen a la muerte. Exactamente lo que Thyrza Grey sostiene.

—¿Sugieres que esa mujer puede lograr que un perfecto desconocido, que viva a muchos kilómetros, pille una neumonía y se muera?

—Yo no he sugerido tal cosa. Ella lo hizo. Creo que es una fantasía y me gustaría considerarla imposible. Pero hay ciertos factores curiosos. Está la casual mención de Pale Horse vinculada a la muerte de determinadas personas. Existe ese lugar y la mujer que vive allí se vanagloria de que es una operación factible. En el mismo pueblo vive un hombre identificado como el individuo que perseguía al padre Gorman la noche en que lo asesinaron, cuando regresaba de asistir a una moribunda a quien otra persona oyó hablar de «semejante iniquidad». Son demasiadas coincidencias, ¿no te parece?

—Aquel hombre no pudo ser Venables porque, como tú mismo has dicho, es paralítico desde hace años.

—¿No es posible, desde el punto de vista médico, que la parálisis sea fingida?

—Por supuesto que no. Tendría las piernas atrofiadas.

—Eso liquida la cuestión —admití con un suspiro—. Es una lástima. Si existiera una organización especializada en «eliminaciones», Venables sería el cerebro indicado para dirigirla. Las cosas que ha reunido en su casa valen una fortuna. ¿De dónde ha sacado el dinero? Respecto a esas personas que han muerto pacíficamente en sus lechos, ¿quién se ha beneficiado con su desaparición?

—Siempre hay quien se beneficia, mucho o poco, de la muerte de otro. No había nada particularmente sospechoso, si es eso lo que quieres decir.

—No del todo.

—Lady Hesketh-Dubois dejó unas cincuenta mil libras. Sus herederos son un sobrino y una sobrina. El primero vive en Canadá. La sobrina está casada y reside en el norte de Inglaterra. El dinero les vendrá bien a ambos. Thomasina Tuckerton heredó una gran fortuna de su padre. Si fallecía soltera antes de los veintiún años, el legado pasaba a su madrastra, una mujer de vida intachable. Luego tenemos a Mrs. Delafontaine, su dinero pasa a su prima.

—Sí. ¿Y dónde vive su prima?

—En Kenia, con su esposo.

—Todos ausentes —señalé.

Corrigan me miró enfadado.

—De los tres Sandford que estiraron la pata, uno dejó una joven viuda que no tardó en volver a casarse. El difunto era católico y no quería darle el divorcio. En Scotland Yard se sospechaba que un tal Sidney Harmondsworth, muerto a consecuencia de una hemorragia cerebral, aumentaba sus ingresos por medio de discretos chantajes. Varias personas de elevada posición deben de haberse sentido aliviadas ante su desaparición.

—Me estás diciendo que todos esos fallecimientos fueron verdaderamente oportunos. ¿Qué me dices de Corrigan?

—Corrigan es un apellido corriente. Han muerto muchos Corrigan, pero por lo que sabemos nadie se ha beneficiado gran cosa.

—Esto lo deja claro. Tú eres la víctima en perspectiva. Ten cuidado.

—Lo tendré. Y no creas que tu bruja acabará conmigo con una úlcera de duodeno o una gripe española. Soy un tipo duro.

—Escucha, Jim. Me propongo investigar la afirmación de Thyrza Grey. ¿Me ayudarás?

—No, desde luego que no. No entiendo cómo un tipo listo y educado como tú puede dar crédito a esos disparates.

Suspiré.

—¿No puedes usar otra palabra? Estoy cansado ya de oírlo.

—Necedades. ¿Te gusta más?

—No mucho.

—Eres obstinado, ¿eh, Mark?

—Tal como yo lo veo, alguien tiene que serlo.

Capítulo 10

Glendower Close era muy muy nuevo. Se extendía en semicírculo irregular y en la parte más baja todavía trabajaban los albañiles. Aproximadamente en el centro había una entrada con un rótulo que rezaba EVEREST.

En el jardín había una figura inclinada, entretenida en plantar unos bulbos, que el inspector Lejeune reconoció sin dificultad como Zachariah Osborne. Entró en el jardín. Osborne se incorporó y se volvió para ver quién entraba en sus dominios. Al identificar al visitante, su rostro sonrosado enrojeció de placer. El Osborne campesino tenía el mismo aspecto que el Osborne urbano. Calzaba borceguíes e iba en mangas de camisa, pero incluso este atuendo desmerecía muy poco su pulcritud habitual. Una fina capa de sudor cubría la brillante calva que secó cuidadosamente con un pañuelo antes de salir al encuentro del inspector.

—¡Inspector Lejeune! —exclamó complacido—. Considero esto un honor. De veras, señor. Recibí su carta, pero no esperaba verle en persona. Bienvenido a mi modesta morada. Bienvenido a mi Everest. ¿Le sorprende a usted el nombre, quizá? Siempre me ha interesado mucho el Himalaya. En su día seguí paso a paso todos los detalles de la expedición al Everest. ¡Qué triunfo para nuestro país! Sir Edmund Hillary. ¡Qué hombre! ¡Qué tesón, qué resistencia! Como alguien que nunca ha tenido que sufrir incomodidades personales, aprecio el coraje de los que se obstinan en conquistar montañas inexploradas o navegan entre temibles icebergs para descubrir los secretos del polo. Pero entre y acepte que le invite a un refresco.

Osborne hizo entrar a Lejeune en la casa, que era el colmo de la limpieza, aunque estaba escasamente amueblada.

—Todavía no he acabado de instalarme —explicó el farmacéutico—. Asisto a las subastas de por aquí siempre que puedo. Consigues muchas cosas por la cuarta parte de lo que costarían en una tienda. ¿Qué puedo ofrecerle? ¿Una copa de jerez? ¿Cerveza? ¿Una taza de té? Puedo prepararlo en un periquete.

Lejeune contestó que prefería una cerveza.

—Aquí la tiene —dijo Osborne, que tardó un segundo en servir dos jarras—. Nos acomodaremos un poco para descansar un rato. Everest. ¡Ah!, el nombre de mi casa tiene un doble significado, pues significa también «descanso eterno». Me gustan las pequeñas bromas cumplidas las formalidades sociales.

Osborne se inclinó hacia delante ansiosamente.

—¿Le ha sido de utilidad mi información?

Lejeune suavizó el golpe todo lo posible.

—Me temo que no tanto como esperábamos.

—¡Ah! Confieso que estoy desilusionado. Aunque, en realidad, no hay razones para suponer que un caballero que avanzaba en la misma dirección tuviese que ser necesariamente el asesino del padre Gorman. Era mucho esperar. Además, Mr. Venables es un individuo rico y respetado en el pueblo, y que se mueve en los círculos sociales más selectos.

—La cuestión es que Mr. Venables no puede ser el hombre que vio usted aquella noche.

Osborne se irguió bruscamente.

—¡Ya lo creo que lo es! No tengo la menor duda. Nunca me equivoco cuando veo una cara.

—Pues esta vez se equivocó. Mr. Venables es una víctima de la poliomielitis. Desde hace más de tres años está paralizado de cintura para abajo, incapaz de utilizar las piernas.

—¡Polio! ¡Oh, Dios mío! Eso parece zanjar la cuestión. Y, sin embargo... Dispénseme, inspector Lejeune, espero que no se moleste. ¿Está comprobado? Quiero decir si posee usted una prueba médica al respecto.

—Sí, Mr. Osborne. La tenemos. Mr. Venables es paciente de sir William Dugdale, de Harley Street, uno de los doctores más eminentes de Londres.

—Desde luego, desde luego. Un miembro del Colegio Real de Médicos. ¡Un nombre muy conocido! Parece ser que he sufrido una terrible equivocación. Estaba tan seguro... Las molestias que he causado para nada.

—No debe usted tomarse las cosas así —le atajó Lejeune rápidamente—. Su información continúa siendo valiosa. Es evidente que el hombre que vio se asemeja muchísimo a Mr. Venables y, como se trata de un hombre de aspecto poco usual, es muy valioso saberlo. No pueden existir muchas personas que se ajusten a su descripción.

—Cierto, cierto. —Osborne se animó un poco—. Un hombre del mundo del hampa de aspecto similar al de Mr. Venables... Verdaderamente, no puede haber muchos. En los archivos de Scotland Yard...

Miró esperanzado al inspector.

—Puede que no sea tan sencillo. El sujeto quizá no esté fichado. Y en todo caso, como dijo usted antes, no hay razones para suponer que el desconocido fuera el atacante del padre Gorman.

Osborne volvió a deprimirse.

—Debe perdonarme. Creo que me he dejado arrastrar por mi deseo de ser útil. ¡Me habría gustado tanto ser testigo en un proceso criminal! Nadie habría conseguido hacerme vacilar, se lo aseguro. ¡Oh, no! ¡Me habría aferrado bien a mis convicciones!

Lejeune guardó silencio, estudiando a su anfitrión pensativamente.

Osborne respondió a su callado escrutinio.

—¿Y bien?

—Mr. Osborne, ¿por qué tendría usted que aferrarse a sus convicciones?

Osborne pareció sorprenderse.

—Porque estoy seguro de mí mismo. Sí, ya le comprendo. El hombre en cuestión no era ese hombre. Consecuentemente, no tengo por qué sentirme tan seguro. No obstante, yo...

Lejeune se echó hacia delante.

—Tal vez se haya preguntado usted por qué he venido a verle hoy. Sí. ¿Por qué me encuentro aquí en estos instantes, habiendo logrado un testimonio médico que demuestra que el hombre visto por usted no era Mr. Venables?

—Claro, claro. Bien, inspector Lejeune. ¿Por qué ha venido?

—He venido porque me impresionó su seguridad en la identificación. Quería saber en qué se basaba su certeza. Recuerde que aquella fue una noche de niebla. He estado en la farmacia. Me situé en el portal y miré al otro lado de la calle. Me pareció que en una noche de niebla y a esa distancia una figura sería algo muy indefinido, lo que haría imposible distinguir los detalles.

—Tiene usted razón hasta cierto punto. La niebla iba extendiéndose, pero llegaba, a ver si usted me comprende, a jirones. Había claros de cuando en cuando. Fue entonces cuando vi al padre Gorman avanzando rápidamente por la acera opuesta. Por eso le vi con tanta claridad, lo mismo que al desconocido que le seguía. Además, en el instante preciso en que el segundo hombre se hallaba a mi altura, encendió un cigarrillo. Su perfil se destacó con toda nitidez: la nariz, la barbilla, la pronunciada nuez. Era un rostro sorprendente. No lo había visto nunca por allí. De haber entrado alguna vez en la farmacia pensé que lo recordaría. Así pues...

Osborne se interrumpió bruscamente.

—Ya comprendo —dijo Lejeune con gesto pensativo.

—Un hermano —sugirió Osborne esperanzado—. ¿Un hermano gemelo, quizá? Eso sería la solución del enigma.

—¿El clásico caso de los hermanos gemelos? —Lejeune sonrió, meneando la cabeza—. Algo muy socorrido en las obras de ficción, pero improbable en la vida real. Realmente no recuerdo ninguno.

—No, supongo que no. No obstante, es posible que un hermano, con un parecido muy acentuado... —Osborne parecía nostálgico.

—Por lo que hemos averiguado, Mr. Venables no tiene ningún hermano.

—¿Por lo que han averiguado?

—Aunque es de nacionalidad inglesa, no nació aquí. Llegó con sus padres a Inglaterra cuando tenía once años.

—Entonces no saben ustedes mucho de ese hombre ni de su familia.

—No, no es fácil averiguar ciertas cosas acerca de Mr. Venables, es decir, si no se las preguntamos directamente, y no tenemos motivos para proceder así.

Lejeune habló intencionadamente. Siempre había medios para enterarse sin preguntarle al interesado, pero el inspector no tenía la menor intención de contárselo a Osborne.

—En consecuencia —añadió levantándose—, de no ser por el testimonio médico, ¿usted no vacilaría en cuanto a la identificación?

—Así es. Recordar rostros es precisamente una de mis aficiones. —Se rio—. A muchos de mis clientes les sorprendía. «¿Cómo va ese asma?», le preguntaba a uno. Su asombro no tenía límites cuando le decía: «Usted vino el mes de marzo pasado con una receta del doctor Hargreaves». Y se quedaba de piedra. Era muy bueno para el negocio. A la gente le gusta que se la recuerde, aunque no tengo tanta memoria para los nombres. Comencé a practicarlo como un pasatiempo. «Si la realeza era capaz de hacerlo», solía decirme, «tú también puedes, Zachariah Osborne». Al cabo de cierto tiempo se convierte en algo automático. Apenas si hay que esforzarse.

Lejeune suspiró.

—Me gustaría tener un testigo como usted en el estrado. La identificación siempre es algo peliagudo. La mayoría de la gente es incapaz de concretar. Normalmente todos dicen cosas como: «Yo creo que era alto. Pelo rubio... Bueno, no muy rubio, no tan claro. Tenía unas facciones corrientes. Ojos azules, o grises, castaños quizá. Vestía un impermeable gris. O tal vez fuera azul marino».

Osborne rio.

—Algo muy inconveniente para usted.

—Francamente, un testigo como usted nos parecería un enviado del cielo.

El farmacéutico pareció complacido.

—Es un don —manifestó modestamente—. Pero tenga en cuenta que yo me he dedicado a cultivarlo. Ya conoce usted el juego de colocar un puñado de objetos en una bandeja y después tratar de recordarlos. Yo los acierto todos. La gente se sorprende. Les parece una maravilla. No es tan maravilloso... Es una habilidad que mejora con la práctica. Tampoco soy malo como prestidigitador. Hago trucos para divertir a los chicos en Navidad. Perdone, Mr. Lejeune. ¿Qué tiene en el bolsillo del pañuelo?

Se inclinó hacia delante y sacó un pequeño cenicero.

—Vamos, vamos. ¡Y pensar que es usted policía!

Osborne se echó a reír de buena gana y Lejeune le imitó. Después, el farmacéutico suspiró:

—Me he instalado en un sitio muy bonito. Los vecinos son personas agradables y cordiales. Es la vida que he soñado durante muchos años, pero he de admitir que echo de menos la farmacia. Clientes entrando y saliendo. Muchas personas a las que estudiar. Ahora me dedico a preparar mi jardín y practico otras muchas aficiones: coleccionar mariposas y observar a los pájaros. No creo que acabe echando en falta lo que podríamos llamar el elemento humano.

»Tengo el proyecto de viajar por el extranjero en plan modesto. Bueno, he pasado un fin de semana en Francia. Una bonita excursión, pero Inglaterra se me antoja lo más adecuado para mí. No me atrae la cocina extranjera. No tienen ni la menor idea de cómo preparar los huevos con beicon.

Suspiró otra vez.

—Ya ve usted lo que es la naturaleza humana. Creía que no llegaría nunca el retiro. Y ahora estoy estudiando la idea de comprar una pequeña participación en una empresa farmacéutica de Bournemouth, solo para tener en qué pensar, sin necesidad de que me ate durante todo el día. Sentirme otra vez metido en el ajo. Imagino que a usted le ocurrirá lo mismo; hará sus planes para el futuro, pero, cuando llegue la hora, añorará el trajín de su vida actual.

Lejeune sonrió.

—La vida del policía no es tan romántica ni aventurera como se imagina, Mr. Osborne. Su punto de vista es el del aficionado. La mayor parte de nuestro trabajo es rutinario. No siempre estamos persiguiendo criminales o siguiendo pistas misteriosas. Nuestra labor puede ser muy aburrida.

Osborne no parecía muy convencido.

—Usted lo sabe mejor que yo. Adiós, Mr. Lejeune, y siento de veras no haberle podido ayudar. Si surgiera algo en cualquier momento...

—Se lo haré saber —le prometió el inspector.

—La feria parecía la gran oportunidad —se lamentó Osborne.

—Me consta. Lástima que el testimonio médico sea tan definitivo, pero no se puede hacer nada al respecto, ¿verdad?

—Bueno... —Osborne dejó la palabra en el aire, pero Lejeune no lo advirtió. Se alejaba a paso rápido. Osborne permaneció unos instantes junto a la puerta de la cerca, con la vista fija en el policía.

—Una evidencia médica —murmuró—. ¡Médicos! ¡Si él supiera la mitad de lo que yo sé sobre ellos! Unos inocentones, eso es lo que son. ¡Médicos!

Capítulo 11

Relato de Mark Easterbrook

Primero había sido Hermia. Ahora Corrigan. De acuerdo, me estaba comportando como un imbécil.

Había aceptado las patrañas como sólidas verdades. Hipnotizado por la farsante Thyrza Grey, había aceptado aquel fárrago de tonterías. Yo era un crédulo y supersticioso asno.

Decidí olvidar todo aquel maldito asunto. A fin de cuentas, ¿qué tenía que ver conmigo?

Entre las brumas de mi desilusión oí el eco de la voz apremiante de Mrs. Calthrop: «¡Debe ocuparse de eso enseguida!». Es muy fácil decir cosas como esas. «¿No tiene ningún amigo que pueda ayudarle?»

Hubiera necesitado a Hermia. Y también a Corrigan. Pero ninguno de los dos se prestó al juego. No me quedaba nadie más.

A menos...

Me senté a considerar la idea.

En un impulso me acerqué al teléfono y llamé a Ariadne.

—Soy Mark.

—Sí, dime.

—¿Podrías decirme el nombre de aquella chica que estaba en la casa durante la feria?

—Creo que sí. Deja que recuerde. Sí, desde luego: Ginger. Ese era su nombre.

—Ya lo sé. Lo que yo quiero saber es el otro.

—¿Qué otro nombre?

—No creo que la bautizaran Ginger. Y además tendrá un apellido.

—Por supuesto, pero no lo conozco. Ya casi nadie usa los apellidos. Era la primera vez que la veía. —Hubo una ligera pausa y después Ariadne agregó—: Tendrás que llamar a Rhoda y preguntárselo.

No me gustó la idea. No sé por qué, pero sentía cierta timidez.

—No puedo hacer eso, Ariadne —contesté a mi amiga.

—¡Pero si es muy sencillo! No tienes más que decirle que has perdido sus señas, que no recuerdas su nombre, y que prometiste enviarle uno de tus libros, o el nombre de la tienda que vende un caviar baratísimo, o que tienes que devolverle un pañuelo que te prestó el día que te sangró la nariz, o la dirección de un amigo muy rico que desea restaurar un cuadro. Cualquiera te servirá. Puedo pensar muchas más excusas si quieres.

—Una de ellas me servirá.

Colgué para marcar inmediatamente el número de la operadora. Poco después hablaba con Rhoda.

—¿Ginger? Vive en Calgary Place. El 45. Espera un momento. Voy a decirte su número de teléfono. —Volvió un minuto más tarde—: Anota: Capricorn 35987. ¿Lo tienes?

—Sí, gracias. Pero ¿y su nombre?

—¿Su nombre? Su apellido, querrás decir. Corrigan, Katherine Corrigan. ¿Qué decías?

—Nada. Gracias, Rhoda.

Aquella me pareció una extraña coincidencia. Corrigan. Dos Corrigan. Quizá fuera un presagio.

Marqué el Capricorn 35987.

Ginger se sentó frente a mí, en una mesa de La Cacatúa Blanca, donde nos habíamos citado para beber algo. Se la veía tan refrescante como cuando la conocí en Much Deeping: la cabellera roja, un agraciado rostro pecoso y unos vivos ojos verdes. Vestía un artístico y elegante atuendo londinense: pantalones apretados, un jersey hasta las rodillas y medias de lana negra. Con todo, se trataba de la misma Ginger. Me gustaba, me gustaba mucho.

—Me ha costado lo mío localizarte. Desconocía tu apellido, la dirección y el número de teléfono. Menudo problema.

—Eso es lo que mi asistenta dice siempre. Normalmente significa que hay o ha habido que adquirir una manopla, un cepillo para las alfombras o alguna otra cosa aburrida.

—No tendrás que comprar nada.

Luego se lo conté todo. No tardé tanto como con Hermia porque Ginger ya conocía a las habitantes de Pale Horse. Desvié la mirada cuando acabé el relato. No quería ver su reacción. No quería verla indulgentemente divertida o incrédula. La historia parecía más insensata que nunca. Nadie (a excepción de Mrs. Calthrop) podía llegar a sentir lo que yo sentía. Me entretuve en trazar caprichosos dibujos sobre el tablero de plástico con el tenedor.

La voz de Ginger sonó enérgica.

—¿Eso es todo?

—Eso es todo.

—¿Qué piensas hacer al respecto?

—¿Crees que debería hacer algo?

—¡Naturalmente! ¡Alguien debe ocuparse de eso! No se puede permitir que una organización se dedique a eliminar gente y no hacer nada.

—¿Qué podría hacer yo?

De buena gana la hubiera abrazado.

Ginger bebía Pernod y fruncía el entrecejo al mismo tiempo. Sentí una oleada de optimismo. Ya no estaba solo.

Luego dijo bajando la voz:

—Tendrás que averiguar qué significa todo eso.

—Sí, de acuerdo. Pero ¿cómo?

—Hay una o dos líneas que seguir. Quizá yo pueda ayudarte.

—¿Tú crees? ¿Y tu empleo?

—Fuera de las horas de oficina puedo hacer mucho. —Volvió a fruncir el entrecejo mientras reflexionaba.

—Esa chica, la que te presentaron después de la representación teatral en Old Vic, Poppy o algo así. Ella sabe algo, debe saberlo, para decir lo que dijo.

—Sí, pero está asustada, y desvió el tema en cuanto intenté formular unas preguntas. Tenía miedo. Está claro que no hablará.

—Ahí es donde yo puedo ayudar —resolvió Ginger muy confiada—. Ella me dirá cosas que nunca te contaría a ti. ¿No puedes arreglar un encuentro? Tu amigo, ella, tú y yo. ¿Ir juntos al teatro, a cenar o lo que sea? —Ginger vaciló un instante—. ¿O eso es muy caro?

Le aseguré que podía afrontar el gasto.

—En cuanto a ti... —Ginger pensó unos segundos—. Creo que lo mejor que podrías hacer es enfocar el asunto por la parte de Thomasina Tuckerton.

—¿Cómo? La muchacha ha muerto.

—Y si tus ideas son correctas y alguien deseaba su muerte, recurrió a Pale Horse. Hay dos posibilidades: la madrastra o la chica que riñó con Thomasina en el café de Luigi, a la que le había quitado el novio. Tal vez fueran a casarse. Esto era algo que no convenía a los planes de la madrastra ni a la otra chica, si estaba loca por ese muchacho. Una u otra pudo acudir a Pale Horse. Quizá consigamos una pista. ¿Cómo se llama la joven, o no lo sabes?

—Creo que Lou.

—¿Pelo lacio, rubio ceniza, estatura mediana, busto más bien exagerado?

Asentí a la breve descripción.

—Creo que la conozco. Es Lou Ellis. Tiene dinero.

—No causaba esa impresión.

—Quizá no, pero lo tiene. De todas maneras, podría pagar las tarifas de Pale Horse. Supongo que esa gente no lo hace gratis.

—No cabe imaginar tal cosa.

—Tendrás que atacar a la madrastra. Ese es tu terreno. Ve a verla.

—No sé dónde vive.

—Luigi sabrá algo de la casa de Tommy, conocerá por lo menos en qué condado vive, eso espero. Solo tendrás que consultar un par de guías. ¡Pero qué tontos somos!

Tú leíste la esquela en *The Times*. Solo tienes que mirar en el archivo del periódico.

—Tendré que inventarme un pretexto para ver a la madrastra —murmuré pensativo.

Ginger respondió que eso no presentaría dificultades.

—Tú eres alguien, ¿no? Eres un historiador, das conferencias y todo eso. Mrs. Tuckerton quedará impresionada y se morirá por conocerte.

—¿Y el pretexto?

—¿Te parece bien un detalle de interés en su casa? —sugirió Ginger vagamente—. Seguro que tiene alguno si es antigua.

—No tiene nada que ver con el período en que me he especializado.

—Ella no lo sabrá —insistió Ginger—. Todo el mundo cree que cualquier cosa que tenga más de cien años ha de ser forzosamente interesante para un historiador o un arqueólogo. ¿Y qué me dices de una pintura? En esa casa debe de haber cuadros antiguos. Tú conciertas una cita, llegas, le das coba, encantador, y le cuentas que conociste a su hija, a su hijastra, y lo mucho que te apenó, etcétera. Después, repentinamente, haces una referencia a Pale Horse. Adopta una expresión siniestra si te parece oportuno.

—¿Y después?

—Después observa su reacción. Si tú mencionas Pale Horse y tiene la conciencia culpable, apuesto lo que quieras a que mostrará algún signo.

—Y si lo hace, ¿luego qué?

—Lo importante es averiguar si vamos bien encarrilados. En cuanto estemos seguros, nos lanzaremos a fondo. Hay otra cosa. ¿Por qué crees que Thyrza Grey te dijo todo aquello? ¿Por qué fue tan explícita?

—La respuesta sensata es que está loca.

—No me refiero a eso. Quiero decir, ¿por qué tú? ¿Tú en particular? Me pregunto si aquí no habrá alguna conexión.

—Alguna conexión, ¿en qué sentido?

—Espera un momento, a ver si consigo poner mis ideas en orden.

Esperé. Ginger asintió un par de veces y volvió a hablar.

—Supongamos, y solo es una suposición, que todo ocurrió así. Imaginemos que Poppy sabe todo lo concerniente a Pale Horse, no directamente, sino de oídas. Parece una de esas chicas que pasan perfectamente desapercibidas para alguien que está hablando. Y, no obstante, se enteran de mucho más de lo que se cree. Hay personas bastante necias que son así. Digamos que la oyeron mientras hablaba contigo y le dieron un toque de atención. La muchacha tiene miedo, así que no habla. Pero corre la voz de que le has formulado unas preguntas. ¿Por qué motivo la has interrogado? Tú no eres policía. Lo más razonable es pensar que eres un posible cliente.

—Pero seguramente...

—Es lógico, te lo aseguro. Te han llegado rumores y quieres saber algo más para tus propios fines. Más tarde apareces en la feria de Much Deeping. Te llevan a Pale Horse, sin duda porque has pedido que te lleven. ¿Y qué sucede? Thyrza Grey pasa directamente a venderte el artículo.

—Supongo que es posible. ¿Crees que esa mujer puede hacer lo que dice, Ginger?

—Personalmente, me inclino a pensar que no. Pero pueden suceder cosas raras. Especialmente en cosas como el hipnotismo. Dile a alguien que al día siguiente a las cuatro de la tarde muerda una vela y lo hará sin tener idea del porqué de su acción. Esa clase de cosas. Y cajas eléctricas donde metes una gota de tu sangre y te dicen si vas a padecer cáncer en los próximos dos años. Todo eso suena a falso, pero a lo mejor no es una mentira. En cuanto a Thyrza, no creo que lo que dice sea verdad, pero me aterra la posibilidad.

—Sí —respondí sombríamente—. Eso lo explica muy bien.

—Puedo ocuparme de Lou —declaró Ginger con tono pensativo—. Sé de muchos sitios donde puedo encontrarla por casualidad. Quizá Luigi sepa algunas cosas. Pero lo primero es hablar con Poppy.

Esto último quedó dispuesto con bastante facilidad. David tenía una noche libre, quedamos para ir a ver una revista y mi amigo se presentó llevando a Poppy a remolque. Fuimos a cenar al Fantasie y advertí que Ginger y Poppy, después de una prolongada ausencia en el tocador de señoras, reaparecieron la mar de amigas. Durante la velada no se planteó ningún tema espinoso, de acuerdo con las instrucciones de Ginger. Finalmente, nos despedimos y llevé a Ginger a su casa.

—No hay mucho de lo que informar —dijo mi acompañante alegremente—. He visto a Lou. El motivo de la pelea con la otra chica fue Gene Pleydon. Un tipejo de cuidado, si quieres saberlo. Un ligón. Las muchachas lo adoran. Le había echado los tejos a Lou cuando apareció Tommy. Lou dice que a Gene solo le interesaba el dinero de Tommy, pero es probable que prefiera pensar esto. De todas maneras, Pleydon dejó plantada a Lou. Naturalmente, está dolida. Según dice, no fue una pelea, sino un arranque de mal genio.

—¡Mal genio! Le arrancó el pelo de raíz.

—Me limito a contarte lo que Lou me dijo.

—Parece que se ha confiado mucho contigo.

—A todas les gusta hablar de sus líos. Lo hacen con cualquiera que las escuche. En cualquier caso, Lou ya tiene otro amigo, otro pájaro de cuidado, según dicen, pero ella está enamoradísima. Mi impresión es que no acudió a Pale Horse. Mencioné el nombre y no vi reacción alguna. Creo que podemos descartarla. Por el otro lado, Luigi cree que Tommy iba en serio con lo de Gene, y que él le correspondía. ¿Qué has hecho con la madrastra?

—Está en el extranjero. Regresará mañana. Le he escrito una carta; mejor dicho, le dije a mi secretario que le escribiera pidiéndole una cita.

—Perfecto. La cosa está en marcha. Espero que no se estropee.

—¡Con tal de que averigüemos algo!

—Algo conseguiremos —dijo Ginger entusiasmada—. Esto me recuerda una cosa. La teoría es que al padre Gorman lo mataron después de asistir a una moribunda, y que lo asesinaron por algo que la mujer le dijo o le confesó. ¿Qué le ocurrió a esa mujer? Murió. ¿Quién era? Allí tiene que haber otra pista.

—En realidad, no sé mucho de ella. Creo que su apellido era Davis.

—¿No se podría averiguar algo más?

—Lo intentaré.

—Si conociéramos su pasado podríamos averiguar cómo se enteró de lo que sabía.

—Comprendo.

A la mañana siguiente llamé a Jim Corrigan para preguntarle sobre la tal Davis.

—Deja que piense. Averiguamos algo, pero no mucho. Davis era un apellido de soltera. Por eso nos llevó más tiempo de la cuenta identificarla. Aguarda un momento. Tomé unas notas entonces. Ah, sí, aquí están. Su apellido era Archer, y su esposo resultó ser un ratero de poca monta. Ella le abandonó y volvió a utilizar el apellido de soltera.

—¿Qué clase de ratero era Archer? ¿Dónde está ahora?

—De los más insignificantes. Robaba artículos en los grandes almacenes. Baratijas. Cumplió algunas condenas. Y en cuanto a dónde está, ya murió.

—Entonces, poco nos puede ayudar.

—Así es. Mrs. Davis trabajaba en un gabinete de estudios de mercado, el Customers Reactions Classified. Allí no saben nada de ella ni de su pasado.

Le di las gracias y colgué.

Capítulo 12

Relato de Mark Easterbrook

Ginger me llamó por teléfono tres días más tarde.

—Tengo algo para ti. Un nombre y unas señas. Toma nota.

Saqué mi agenda.

—Adelante.

—El nombre es Bradley, y la dirección, Municipal Square Buildings, 78, Birmingham.

—Que me aspen. ¿Qué significa esto?

—¡Solo Dios lo sabe! Yo no. Y dudo que Poppy lo sepa.

—¿Poppy? ¿Es que...?

—Sí, la he estado trabajando a fondo. Ya te anuncié que le sacaría algo si lo intentaba. En cuanto la ablandé un poco, la cosa fue fácil.

—¿Cómo lo lograste? —pregunté impulsado por la curiosidad.

—Cosas de mujeres, Mark. No lo entenderías. La cuestión es que lo que una chica le dice a otra no cuenta realmente. Ella cree que no te importa.

—Digamos que todo queda en casa.

—Algo así. Sea lo que sea, el caso es que comimos juntas y yo le hablé un poco de mi vida amorosa, y de varios obstáculos: un hombre casado con una mujer insoportable, una católica que se negaba a concederle el divorcio y convertía su vida en un infierno. Para colmo, una inválida, siempre sufriendo, pero con cuerda para rato. En realidad, lo mejor que podía pasarle sería morir. Le dije que había pensado recurrir a Pale Horse, pero que ignoraba cómo hacerlo y si no resultaría terriblemente caro. Poppy dijo que sí, que lo sería. Había oído que pedían un riñón. Y yo dije: «Bueno, yo tengo expectativas», cosa que es cierta. Un tío abuelo que es un encanto y que me dolería mucho si se muere, pero me resultó útil citarlo. Quizá, dije, aceptarían una cantidad a cuenta. ¿Cómo se daba con ellos? Y entonces Poppy me salió con ese nombre y la dirección. Dijo que primero hay que ir para concertar las condiciones.

—¡Es fantástico!

—Lo es, ¿verdad?

Los dos guardamos silencio unos segundos.

—¿Y Poppy te lo dijo sin más? —pregunté incrédulo—. ¿No te pareció asustada?

—No lo comprendes —respondió Ginger impaciente—. Decírmelo a mí no cuenta. Además, Mark, si es verdad, el negocio tiene que anunciarse. Necesitan nuevos «clientes» constantemente.

—Estamos locos al dar crédito a todo esto.

—Sí, lo estamos. ¿Piensas ir a Birmingham a ver a Mr. Bradley?

—Sí —respondí—. Iré a ver al tal Bradley, si es que existe.

No lo creía, pero me equivoqué. Mr. Bradley existía.

El Municipal Square Buildings era un verdadero enjambre de oficinas. El número 78 se encontraba en el tercer piso. En la puerta de cristal había un rótulo negro cuidadosamente pintado: C. R. BRADLEY, AGENTE COMERCIAL, y debajo, en letra menuda: HAGA EL FAVOR DE ENTRAR.

Entré.

Había una pequeña antesala, vacía, y una puerta entreabierta que ponía: PRIVADO. Una voz al otro lado dijo:

—Pase, por favor.

La oficina interior era más grande. Había un escritorio, un par de confortables sillones, un teléfono y unos cuantos archivadores. Bradley estaba detrás del escritorio.

Era un individuo menudo, moreno, con los ojos negros brillantes como cuentas. Vestía un traje discreto y parecía el colmo de la respetabilidad.

—¿Tendría la bondad de cerrar la puerta? —me pidió cortésmente—. Tome asiento. Ese sillón es muy cómodo. ¿Un cigarrillo? ¿No? Bien. ¿En qué puedo servirle?

Le miré. No sabía cómo empezar. No tenía la menor idea de qué decirle. Creo que fue la desesperación la que me llevó a iniciar la conversación como lo hice. O tal vez fuera su mirada.

—¿Cuánto?

Me alegró ver su sobresalto, pero no fue de la manera correcta. No dio por hecho, como hubiera hecho yo en su lugar, que un loco acababa de entrar en su despacho. Enarcó las cejas.

—Bien, bien, bien. No pierde usted el tiempo, ¿eh?

Seguí en mi línea.

—¿Qué responde usted?

Meneó la cabeza suavemente, con un ligero aire de reproche.

—No es la manera correcta de abordar las cosas. Hemos de proceder debidamente.

Me encogí de hombros.

—Como quiera. ¿Cuál es la manera correcta?

—Aún no hemos sido presentados, ¿verdad? No sé cómo se llama usted.

—De momento, no me siento inclinado a decírselo.

—Precavido, ¿eh?

—Precavido.

—Una cualidad admirable, aunque no siempre practicable. ¿Quién le ha facilitado mis señas? ¿Quién es nuestro mutuo amigo?

—Tampoco puedo decírselo. Un amigo de otro amigo que conoce a alguien que es amigo suyo.

Bradley asintió.

—Así es como llegan la mayoría de mis clientes. Algunos con problemas un tanto delicados. Conoce mi profesión, ¿no es así?

No tenía intención de aguardar mi réplica. Se apresuró a darme la contestación.

—Corredor de apuestas. ¿Le interesan los caballos?

Hubo una levísima pausa antes de la última palabra.

—No soy hombre aficionado a las carreras de caballos.

—Hay muchas actividades vinculadas a los caballos. Las carreras, la caza, los paseos. A mí me interesan en la parte deportiva. Las apuestas. —Después de una pausa, Bradley preguntó con indiferencia, casi con demasiada indiferencia—: ¿Piensa en algún caballo en especial?

Me encogí de hombros y quemé mis naves.

—Un caballo bayo.

—¡Ah! Muy bien, excelente. Usted mismo, si me permite decirlo, parece ser un caballo sorpresa. ¡Oh! No tiene por qué ponerse nervioso. No hay motivo para dejarse dominar por los nervios.

—Eso es lo que usted dice —declaré con rudeza.

Los modales de Bradley se volvieron aún más amables y tranquilos.

—Comprendo sus sentimientos. Pero le aseguro que no debe preocuparse. Soy abogado, expulsado del colegio, por supuesto —añadió en un paréntesis y de una forma casi encantadora—. De lo contrario no estaría aquí. Le aseguro que conozco la ley. Todo lo que recomiendo es perfectamente legal y a la vista. Solo es cuestión de apostar. Un hombre puede jugarse su dinero a lo que quiera: si lloverá mañana, si los rusos lograrán mandar un hombre a la Luna, si su esposa va a tener gemelos. Usted puede apostar a que Mrs. B morirá antes de Navidad o a que Mrs. C vivirá hasta los cien. Usted respalda su opinión, su buen juicio, su intuición, o como quiera llamarlo. Es así de sencillo.

Experimenté la impresión de hallarme ante un cirujano tranquilizando al paciente antes de una operación. La profesionalidad de Bradley era perfecta.

—No acabo de entender todo este asunto de Pale Horse —manifesté lentamente.

—¿Y eso le preocupa? Claro, le preocupa a mucha gente. Hay más cosas en el cielo y en la tierra, Horacio, etcétera. Francamente, yo tampoco lo comprendo. Pero funciona. Consigue resultados de una manera sorprendente.

—Si pudiese decirme algo más...

Ya me había acomodado al papel: precavido, ansioso, pero asustado. Era obvio que a Bradley le resultaba sobradamente conocido.

—¿Conoce usted el sitio?

Tomé una rápida decisión. Sería una imprudencia mentir.

—Yo... bueno... estaba con unos amigos. Me llevaron allí.

—Un viejo hostal la mar de encantador y de un gran interés histórico. Y han hecho maravillas en la restauración. Entonces, ¿se la presentaron? Quiero decir, a mi amiga, a Miss Grey.

—Sí, sí, por supuesto. Es una mujer extraordinaria.

—Lo es, ¿verdad? Ha dado usted en el clavo. Una mujer extraordinaria. Y con extraordinarios poderes.

—¡Las cosas que dice! Seguramente..., bueno..., imposibles.

—Exactamente. Esa es la cuestión. ¡Las cosas que dice saber y hacer son imposibles! Es lo que diría ante un tribunal, por ejemplo...

La mirada de Bradley se clavó en mi rostro. Mi interlocutor repitió las palabras recalcándolas intencionadamente.

—¡Ante un tribunal, por ejemplo, todo el asunto parecería ridículo! Si a esa mujer se le ocurriera confesar un crimen, un asesinato por control remoto o «fuerza de voluntad», o como lo quiera llamar, la confesión no sería válida. Incluso si la declaración fuera cierta (cosa que personas sensatas como usted y como yo no creemos ni por un momento), no sería admitida legalmente. El crimen por control remoto no es un crimen a los ojos de la ley. Es pura tontería. Ahí está lo bonito del asunto, como comprenderá a poco que lo piense.

Me di cuenta de que deseaba tranquilizarme. Un crimen cometido valiéndose de poderes ocultos no era un delito en ningún tribunal de justicia inglés. Si yo contratara los servicios de un asesino para que matara a alguien con una porra o con una navaja, me convertiría en cómplice e instigador. Pero si contratara a Thyrza Grey y su magia negra, esta no sería admisible. Sí; como decía Bradley, allí estaba lo bonito del asunto.

Mi natural escepticismo estalló en una protesta.

—¡Es demasiado fantástico! —exclamé—. No lo creo. Es imposible.

—Estoy de acuerdo. Thyrza Grey es una mujer extraordinaria, en posesión de excepcionales poderes, pero uno no puede creer todo lo que dice. Como decía usted, es demasiado fantástico. En esta época nadie cree que una persona, desde un lugar en la campiña inglesa, pueda enviar ondas mentales, o lo que sea eso, por sí misma o a través de una médium, para provocar la muerte de otra persona situada, digamos, en Capri, a causa de una enfermedad normal.

—¿Es eso lo que ella afirma hacer?

—Sí, desde luego. Posee poderes, es escocesa, y la clarividencia es una peculiaridad de esa raza. Es algo que existe. Lo que yo creo y a lo que doy un crédito absoluto es a esto. —Bradley se inclinó hacia delante, levantando el índice en un gesto admonitorio—: Thyrza Grey sabe, con anticipación, cuándo va a morir alguien. Es un don. Y ella lo posee.

Se recostó en su asiento sin quitarme la vista de encima. Esperé.

—Supongamos un caso hipotético. A alguien, a usted o a cualquier otro, le gustaría muchísimo saber cuándo alguien, digamos la tía abuela Elisa, va a morir. Convendrá conmigo en que es útil saber algo así. No tiene nada de malo, ni perverso, solo un asunto de conveniencia comercial. ¿Qué planes hacemos? ¿Recibiremos un dinero el próximo noviembre? Si lo sabe podría tomar una decisión importante. La muerte es una cosa muy azarosa. La querida tía Elisa puede vivir, ayudada por los médicos, otros diez años. Usted, por supuesto, adora a la anciana, pero ¡qué útil le sería saberlo!

Bradley hizo una pausa, para después inclinarse hacia delante un poco más.

—Aquí es donde entro yo. Yo soy un apostador. Jugaré sobre cualquier cosa, naturalmente con mis propias condiciones. Usted viene a verme. Naturalmente, usted no va a apostar por el fallecimiento de la anciana. Repugnaría a sus buenos sentimientos. Así que lo ponemos de otra manera: usted apuesta cierta suma de dinero a que tía Elisa llegará sana y vigorosa a las próximas Navidades, y yo le apuesto a que no.

Los ojos negros seguían mirándome.

—¿Hay algún reparo en ello? Nada. Todo es muy sencillo. Nosotros hemos discutido este asunto. Yo sostengo que tía Elisa se encamina hacia su fin. Usted mantiene lo contrario. Redactamos un contrato y lo firmamos. Señalo una fecha y le digo que quincena más o quincena menos de la fecha fijada asistirá al funeral de tía Elisa. Usted dice que no. Si gana usted, yo pago. Si se equivoca, ¡usted me paga a mí!

Le miré. Intenté imaginarme los sentimientos de un hombre que quiere liquidar a una vieja rica. Cambié la opción por un chantajista. Era más fácil de fingir. Un tipo me había estado desangrando durante años enteros. Ya no podía soportarlo más. Deseaba su muerte. Carecía de valor para matarlo, pero estaba dispuesto a dar lo que fuera, cualquier cosa con tal de que...

Hablé con voz ronca. Representaba el papel con bastante aplomo.

—¿Cuáles son las condiciones?

La actitud de Bradley experimentó un rápido cambio. Era alegre, casi dicharachero.

—Por aquí fue por donde empezamos, ¿no? Mejor dicho, por donde comenzó usted a su llegada. «¿Cuánto?», me preguntó. Llegó a sorprenderme. Nunca vi a nadie ir tan directamente al grano.

—¿Cuáles son las condiciones?

—Eso depende de varios factores. Generalmente se basa en la cantidad en juego. En algunos casos de los fondos de que dispone el cliente. Un esposo molesto, un chantajista o algo de ese tipo dependerá de lo que pueda pagar mi cliente. Yo, permítame que se lo diga claramente, no apuesto con clientes pobres, excepto cuando es un caso con posibilidades. Entonces mis honorarios dependen del monto de la herencia de tía Elisa. Las condiciones se fijan de mutuo acuerdo. Los dos pretendemos obtener un provecho, ¿no? En términos generales, las apuestas son de quinientos a uno.

—¿Quinientos a uno? Es muy elevado.

—También lo es mi apuesta. Si la tía Elisa estuviese con un pie en la tumba, no recurriría a mis servicios. Profetizar la muerte de una persona en un plazo de dos semanas es muy arriesgado. Cinco mil libras contra cien no es nada desproporcionado.

—Imaginemos que pierde usted.

Bradley se encogió de hombros.

—Mala suerte. Le pagaría.

—Y si yo pierdo le pago. Supongamos que me niego.

Bradley se recostó en su sillón, entornando un poco los párpados.

—No se lo aconsejaría —replicó severamente—. En absoluto.

Sentí un escalofrío. No había formulado ninguna amenaza directa, pero estaba latente.

Me puse en pie.

—Tengo que pensarlo.

Bradley volvió a ser agradable y cortés como al principio.

—Naturalmente. No obre nunca con precipitación. Si se decide, vuelva a visitarme y nos ocuparemos del asunto. Tómese su tiempo. Las prisas nunca conducen a nada bueno. Tómese su tiempo.

Salí con aquellas palabras resonándome en los oídos. «Tómese su tiempo.»

Capítulo 13

Relato de Mark Easterbrook

Emprendí la tarea de entrevistarme con Mrs. Tuckerton de muy mala gana. Incitado por Ginger, me parecía muy poco conveniente. En primer lugar, no me consideraba adecuado para la empresa propuesta. Dudaba de mi habilidad para producir la reacción necesaria y era demasiado consciente de la mascarada que pretendía llevar a cabo.

Ginger, con la eficiencia casi terrible que desplegaba cuando quería, me aleccionó por teléfono:

—Será muy fácil. La casa fue construida por Nash, aunque no encaja en su estilo habitual. Es una de sus fantasías góticas.

—¿Y cuál será la razón de mi interés?

—Estás escribiendo en la actualidad un artículo o un libro sobre las influencias que originan cambios en el estilo de un arquitecto. Algo parecido.

—Suena a una excusa muy pobre.

—¡Pamplinas! —replicó Ginger enérgicamente—. Cuando se trata de temas eruditos o artísticos te encuentras con las teorías más disparatadas, formuladas y escritas muy seriamente por la gente más increíble. Puedo citarte capítulos enteros repletos de disparates.

—Por eso tú serías la persona más indicada para hacerlo.

—Ahí es donde te equivocas. Mrs. Tuckerton puede encontrarte en el *¿Quién es quién?* y quedarse muy impresionada. A mí no me puede buscar, no figuro.

No me convenció, pero admití la momentánea derrota.

Después de la increíble visita a Bradley, Ginger y yo habíamos intercambiado impresiones. A ella le pareció mucho menos increíble que a mí. Mostró una clara satisfacción.

—Esto deja claro de una vez para siempre que no eran imaginaciones nuestras. Ya sabemos que existe una organización para liquidar a personas molestas.

—¡Por medios sobrenaturales!

—Mira que eres terco. Te dejas impresionar por la cháchara y los falsos escarabajos sagrados de Sybil. Si Bradley hubiera resultado ser un curandero o un astrólogo sería otro cantar, pero como resulta ser un expicapleitos y un granuja, o esa es la impresión que me han causado tus palabras...

—Te acercas bastante.

—Entonces todo encaja perfectamente. Y, por muy absurdo que parezca, las tres mujeres de Pale Horse han conseguido algo que funciona.

—Si estás tan convencida, ¿por qué ir a ver a Mrs. Tuckerton?

—Otra comprobación. Sabemos que Thyrza Grey dice que puede hacerlo. Sabemos cómo funciona la parte económica. Sabemos algunas cosas de tres de las víctimas. Ahora queremos saber más desde el punto de vista del cliente.

—Supongamos que Mrs. Tuckerton no sea una clienta...

—Entonces tendremos que investigar en otra dirección.

—Claro que puedo estropearlo todo —manifesté lúgubremente.

Ginger respondió que debía mejorar mi estima personal.

Así que aquí estaba yo, delante de la puerta principal de Carraway Park. El edificio no correspondía a la idea que yo tenía de las casas de Nash. En muchos aspectos era casi un castillo de modestas proporciones. Ginger había prometido dejarme un libro sobre la arquitectura de Nash, pero no había llegado a tiempo, y ahora me encontraba mal documentado.

Toqué el timbre y un hombre de aspecto descuidado, con una chaqueta de alpaca, abrió la puerta.

—¿Mr. Easterbrook? Mrs. Tuckerton le está esperando.

Me hizo pasar a una sala que me produjo una desagradable impresión. El mobiliario era caro, pero elegido con poco gusto. Vacía, habría resultado una sala de elegantes proporciones. Había un par de cuadros buenos y un sinfín de malos. Y abundantes tapizados amarillos. Mis meditaciones se vieron interrumpidas por la llegada de la dueña de la casa. Me levanté con dificultad desde las profundidades del sofá.

No sé qué había esperado. No sé, pero mis sentimientos cambiaron. Aquí no había nada siniestro, solo una mujer cercana a los cuarenta y aspecto corriente. No parecía una persona interesante ni tampoco era muy guapa. Los labios, a pesar de la generosa capa de carmín, eran demasiado finos. Tenía la barbilla un poco hundida. Los ojos de un azul desvaído daban la impresión de estar valorándolo todo. Era la clase de mujer que da poca propina a conserjes y porteros. Hay muchas mujeres como ella en el mundo, aunque no tan costosamente vestidas ni tan bien maquilladas.

—¿Mr. Easterbrook? —Resultaba obvio que estaba encantada con mi visita. Incluso se mostraba efusiva—. Me alegro mucho de conocerle. Me siento halagada por su interés en esta casa. Desde luego, sabía que la construyó John Nash, mi esposo me lo dijo, pero nunca imaginé que sería interesante para una persona como usted.

—Verá, Mrs. Tuckerton, esta edificación no corresponde a su estilo usual, y es lo que le da un interés...

Ella me ahorró el trabajo de continuar.

—Me temo que soy muy estúpida en esta materia. Me refiero a la arquitectura, a la arqueología y todo eso. Debe usted perdonar mi desconocimiento.

No, no me importaba, en absoluto. Lo prefería.

—Desde luego, esas son cosas enormemente apasionantes —opinó Mrs. Tuckerton.

Le contesté que los eruditos, por el contrario, solíamos ser unas personas aburridísimas y muy pesadas con nuestro tema.

Mrs. Tuckerton dijo que eso no podía ser cierto, y si prefería tomar el té antes de recorrer la casa o recorrerla y después tomar el té.

No había esperado que me invitara a tornar el té, porque la cita era a las tres y media, pero dije que primero recorrería la casa.

Me lo enseñó todo sin callar ni un momento, lo cual me evitó cualquier opinión arquitectónica.

Era una suerte, afirmó, que hubiera venido ahora porque la casa se encontraba en venta. «Es demasiado grande para mí desde la muerte de mi esposo», y creía tener ya a un comprador, pese a que la agencia inmobiliaria solo hacía una semana que la tenía en cartera.

—No me habría gustado enseñársela vacía. Para poder apreciar una casa, es necesario conocerla habitada, ¿no le parece, Mr. Easterbrook?

Yo hubiera preferido la vivienda vacía de gente y de mobiliario, pero naturalmente no podía decírselo. Le pregunté si continuaría viviendo en aquel vecindario.

—No estoy segura. Primero viajaré un poco. Buscaré algo de sol. Odio este clima espantoso. Creo que pasaré el invierno en Egipto. Estuve allí hace dos años. Es una tierra maravillosa, aunque supongo que usted debe de conocerla bien.

Mis conocimientos sobre Egipto eran nulos y así se lo dije.

—Es usted muy modesto —replicó alegremente sin hacerme mucho caso—. Este es el comedor octogonal. Se dice así, ¿verdad? No hay rincones.

Le dije que sí y elogié las proporciones de la habitación.

Terminamos el recorrido, regresamos a la sala y Mrs. Tuckerton llamó para que sirvieran el té. Nos lo trajo el criado de la chaqueta de alpaca. A la enorme tetera de plata victoriana le hubiera venido bien una limpieza a fondo.

Mrs. Tuckerton suspiró profundamente al salir su criado.

—A la muerte de mi esposo, el matrimonio que atendía este lugar desde hacía casi veinte años insistió en marcharse. Me dijeron que se retiraban, pero después me enteré de que se habían colocado en otra casa, con unos sueldos muy elevados. En mi opinión, es un absurdo pagar esos sueldos. Cuando se piensa en lo que cuesta la manutención y el alojamiento de un criado, y no hablemos de los gastos de lavandería...

Sí, no me había equivocado. Aquellos ojos desvaídos, los finos labios... Era la imagen de la avaricia.

No tuve ninguna dificultad en conseguir que Mrs. Tuckerton hablara. Le gustaba. Le gustaba hablar, sobre todo de sí misma. Al final, escuchándola atentamente, diciendo de cuando en cuando una palabra oportuna, me enteré de muchos detalles referentes a su vida, sabía más de lo que ella era consciente de haberme contado.

Cinco años atrás se había casado con un viudo: Thomas Tuckerton. Ella era entonces «mucho, muchísimo más joven que él». Se habían conocido en un gran hotel de la costa donde ella atendía las mesas de bridge. No era consciente de que se le había escapado este último dato. Él tenía una hija interna en un colegio próximo. «Es difícil para un hombre saber tratar a una niña cuando la saca del colegio.»

«El pobre Thomas se sentía muy solo. Su primera esposa había muerto hacía años y él la echaba mucho de menos.»

Mrs. Tuckerton continuó con su propio retrato. Una mujer generosa y amable que sentía compasión por el hombre que envejecía solo. La quebrantada salud del marido y la devoción de la esposa.

—Claro que en los últimos meses de su enfermedad no pude tener ningún amigo.

Me pregunté si no habría algún hombre que Thomas Tuckerton considerase indeseable. Esto podría justificar los términos de su testamento.

Ginger había leído el testamento en Somerset House.

Había legados para la servidumbre, para un par de ahijados y una cantidad para la esposa, suficiente, pero nada excesiva. Una cantidad en fideicomiso de cuyos intereses disfrutaría la mujer durante toda su vida. El resto de la herencia, expresada en una cantidad de seis cifras, pasaba a su hija Thomasina Ann, quien sería la dueña absoluta del dinero al cumplir los veintiún años de edad o en el momento de su matrimonio. De morir antes de casarse, la fortuna pasaría a la madrastra. Por lo visto, no quedaban otros miembros de la familia.

El premio, pensé, había sido de los grandes. Y a Mrs. Tuckerton le gustaba el dinero. Se le notaba. Yo tenía la seguridad de que ella nunca había dispuesto de un penique hasta su matrimonio con el viejo viudo. Seguramente la idea comenzó a surgir lentamente en su cerebro. Ligada a un esposo inválido, se había ilusionado pensando en el futuro, cuando fuera libre, joven todavía y rica, lo que no había imaginado ni en sus sueños más fantásticos.

El testamento quizá fue una desilusión. Ella había pensado en algo más sustancioso que una renta moderada. Había soñado con viajes de lujo, cruceros de placer, vestidos caros, joyas o, posiblemente, el puro placer del dinero en sí mismo, el de verlo crecer en un banco.

¡Y en vez de eso iría a parar a la chica! La hija de su marido sería una rica heredera. La misma que, con toda seguridad, había rechazado a la madrastra, y se lo había demostrado con la descuidada rudeza de los jóvenes. La hija sería rica, a menos que...

¿A menos que...? ¿Era suficiente? ¿Podía pensar que aquella rubia superficial que no cesaba de decir trivialidades hubiese sido capaz de recurrir a Pale Horse y concertar el asesinato de una joven?

No, no podía creerlo.

Sin embargo, tenía que seguir adelante. Con cierta brusquedad le pregunté:

—Creo que en cierta ocasión conocí a su hija... a su hijastra.

Me miró un tanto sorprendida, aunque sin mucho interés.

—¿A Thomasina? ¿De veras?

—Sí, en Chelsea.

—¡Ah, Chelsea! Sí, tenía que ser allí. —Mrs. Tuckerton suspiró—. Estas chicas de hoy son tan difíciles... No hay modo de controlarlas. Esto disgustaba mucho a su padre. Desde luego, yo no pude hacer nada. Nunca prestó atención a lo que le decía. —Volvió a suspirar—. Cuando nos casamos, ella ya casi era una mujer, y una madrastra... —Meneó la cabeza.

—Es una posición siempre delicada —completé comprensivamente.

—Hice concesiones. Me porté lo mejor que pude.

—Seguro que sí.

—Pero no me sirvió de nada. Por supuesto, Tom no le habría consentido que fuese grosera conmigo, pero rozaba el límite. Me hizo la vida imposible. En cierto modo fue un alivio cuando insistió en marcharse, aunque Tom se lo tomó muy mal. Se juntó con un grupo muy poco recomendable.

—Eso me pareció.

—¡Pobre Thomasina! —exclamó Mrs. Tuckerton. Se

acomodó un mechón rebelde. Luego me miró—: ¡Oh! Quizá no esté enterado. Murió hace un mes. Encefalitis. Una cosa muy repentina. Es una enfermedad que ataca a la gente joven. Es una pena.

—Estaba enterado. —Me puse en pie—. Le doy las gracias, Mrs. Tuckerton, por su amabilidad al acceder a enseñarme la casa.

Nos estrechamos las manos.

Cuando ya me encaminaba hacia la puerta, me volví.

—A propósito, creo que usted conoce Pale Horse, ¿verdad?

No había ninguna duda en cuanto a la reacción. El pánico, un pánico desmesurado, asomó a sus ojos. Debajo del maquillaje, la tez empalideció por el temor.

Su voz sonó fuerte y chillona:

—¿Pale Horse? ¿Qué quiere decir con Pale Horse? No sé nada sobre Pale Horse.

Fingí sorprenderme.

—Oh, me habré equivocado. Es un viejo pub muy interesante en Much Deeping. Estuve allí el otro día y me llevaron a verlo. Lo han restaurado, pero conserva el ambiente. Estaba seguro de que alguien mencionó su nombre. Bueno, tal vez fuese su hijastra la que visitó el sitio u otra persona del mismo apellido. —Hice una pausa—. El lugar ha alcanzado cierta reputación.

Disfruté con la frase final. En uno de los espejos vi reflejado el rostro de Mrs. Tuckerton. Tenía los ojos fijos en mí. Estaba muy, pero que muy asustada. Y vi el aspecto que ofrecería aquel rostro dentro de unos años. No era una visión agradable.

Capítulo 14

Relato de Mark Easterbrook

—Así pues, ya estamos seguros —dijo Ginger.

—Lo estábamos antes.

—Sí, razonablemente convencidos. Pero esto lo confirma.

Guardé silencio un momento. Me imaginaba a Mrs. Tuckerton viajando a Birmingham. La veía entrar en el Municipal Square Buildings, saludar a Bradley. La nerviosa aprensión, la tranquilizadora bonhomía del granuja, su habilidosa insistencia en la ausencia de riesgos. (Tendría que insistir mucho en eso con Mrs. Tuckerton.) La veía marchándose sin comprometerse, mientras dejaba que la idea penetrara en su mente. Quizá fue a ver a su hijastra o ella vino a visitarla un fin de semana. Charlaron, quizá Thomasina insinuó un posible matrimonio. Y todo el tiempo pensando en el dinero, no una cantidad pequeña, una suma miserable, sino una fortuna, un dineral que le permitiría tener cuanto había deseado. ¡Y todo ese dinero iría a parar a manos de aquella mocosa de malos modales, que malgastaba su tiempo en los bares de Chelsea, embutida en sus vaqueros y en sus holgados suéteres, con indeseables y depravados amigos! ¿Por qué había de disfrutar una muchacha como ella, que no valía nada ni serviría nunca para nada, de todo aquel dinero?

Y luego otra visita a Birmingham. Más dudas, necesitaba garantías. Finalmente, la discusión de las condiciones. Sonreí involuntariamente. Aquí Bradley no lo habría tenido fácil. Ella debió de ser una dura regateadora. Pero, finalmente, habrían llegado a un acuerdo, se habría firmado un documento. Y luego ¿qué?

Aquí era donde mi imaginación se detenía. Esto era lo que no sabíamos. Abandoné mis reflexiones y vi que Ginger me miraba.

—¿Qué? ¿Ya lo tienes resuelto?

—¿Cómo sabías lo que estaba pensando?

—Comienzo a saber cómo funciona tu mente. La estabas siguiendo a Birmingham y todo lo demás, ¿no es así?

—Sí, pero entonces me encallo. En el momento en que lo acuerda todo en Birmingham. ¿Qué ocurre después?

Intercambiamos una mirada.

—Antes o después —dijo Ginger—, alguien tendrá que averiguar qué ocurre en Pale Horse.

—¿Cómo?

—Lo ignoro. No será fácil. Nadie de los que estuvieron allí nos lo dirá. Por otro lado, son los únicos que podrían hablar. Es difícil. Me pregunto si...

—¿No podríamos ir a la policía?

—Sí, al fin y al cabo disponemos de algo concreto. Lo suficiente para hacer algo, ¿no crees?

Moví la cabeza dubitativamente.

—La prueba de una intención. ¿Es suficiente? ¿Es el deseo de la muerte una tontería? Pero —me anticipé antes de que Ginger me interrumpiera— quizá no se trate de una tontería, aunque lo parecería ante un tribunal. Ni siquiera sabemos cómo es el procedimiento.

—Tendremos que averiguarlo. Pero ¿cómo?

—Tendríamos que verlo en persona. No hay dónde esconderse en aquel granero, y supongo que es allí donde se cuece todo, sea lo que sea.

Ginger se irguió bruscamente, sacudiendo la cabeza como un energético terrier.

—Solo hay un medio de descubrir lo que sucede en realidad: tienes que convertirte en un cliente auténtico.

La miré fijamente.

—¿Un cliente auténtico?

—Sí. Tú o yo, da lo mismo, queremos cargarnos a alguien. Uno de nosotros tiene que hablar con Bradley y llegar a un acuerdo.

—No me gusta esa idea.

—¿Por qué?

—Porque encierra graves peligros.

—¿Para nosotros?

—Tal vez, pero pensaba en la víctima. Necesitamos una y tenemos que darle un nombre. Aquí no valen los inventos. Querrán comprobarlo, seguro que lo harán.

Ginger reflexionó unos segundos y luego asintió.

—Sí, la víctima tiene que ser una persona real, con un domicilio real.

—Eso es lo que no me gusta.

—Y además necesitamos un motivo real para querer eliminarla.

Guardamos silencio, considerando ese aspecto de la situación.

—Esa persona, la que sea, debería estar de acuerdo

con nuestro plan —señalé lentamente—. Es mucho pedir.

—El tinglado tiene que ser perfecto —asintió Ginger—. El otro día dijiste una cosa muy razonable. El punto débil de todo este asunto es que se encuentran en una posición falsa. El negocio tiene que ser secreto, pero no demasiado. Los presuntos clientes necesitan enterarse de su existencia.

—Lo que me extraña es que no haya llegado a oídos de la policía. Suelen estar informados de las actividades criminales en marcha.

—Sí, pero este caso es, en todos los sentidos, un montaje de aficionados. No se emplea ni se involucra a ningún profesional. No se trata de contratar a unos pistoleros experimentados para que eliminen personas. Todo es privado.

Acepté que algo había de eso.

—Supongamos ahora que, tú o yo —prosiguió Ginger—, examinaremos las dos posibilidades, estamos desesperados por deshacernos de alguien. Veamos, ¿quién hay al que tú o yo pudiéramos querer cargarnos? Está mi querido tío Mervyn, recibiré una pasta cuando la palme. Un primo que vive en Australia y yo somos su única familia. Ya tenemos un motivo. Pero tiene más de setenta años y está bastante gagá, o sea, que lo más sensato en mi caso sería esperar que actúe la naturaleza, a menos que estuviese en un grave aprieto económico, lo cual sería muy difícil de fingir. Además, es un encanto y le quiero mucho, y, gagá o no, lo cierto es que el tipo disfruta al máximo y no quisiera privarle ni de un solo minuto. ¡No quisiera exponerlo a ese riesgo! Y tú, ¿qué me dices? ¿Tienes algún pariente que pudiera dejarte dinero?

Meneé la cabeza.

—Ni uno.

—¡Qué fastidio! ¿Y el chantaje? No, llevaría mucho trabajo. No eres un tipo vulnerable. Si fueras alguien del Parlamento, o del Foreign Office, o un ministro que promete, la cosa sería diferente. Lo mismo ocurre conmigo. Hace cincuenta años era más fácil. Cartas comprometedoras, fotografías, pero en nuestros días, ¿a quién le importa? Se puede decir, como el duque de Wellington: «Publíquelas y váyase al cuerno». Bien, ¿qué nos queda? ¿Bigamia? —Ginger me dirigió una mirada de reproche—. ¡Lástima que no hayas sido nunca un hombre casado! Podríamos haber planeado algo si lo estuvieras.

Debió de delatarme un gesto involuntario. Ginger reaccionó rápidamente.

—Lo siento. ¿He provocado algún recuerdo doloroso?

—No, no duele. Pasó hace mucho tiempo. Dudo de que haya alguien que conozca el episodio.

—¿Un matrimonio?

—Sí, cuando estudiaba en la universidad. Lo mantuvimos en secreto. Ella no era... Bueno, mi familia se habría opuesto, y éramos menores de edad. Mentimos en ese aspecto.

Guardé un breve silencio reviviendo el pasado.

—No hubiera durado. Ahora lo sé. Era bonita, y muy dulce, pero...

—¿Qué ocurrió?

—Nos fuimos a Italia para pasar unas largas vacaciones. Tuvo un accidente con el coche. Murió en el acto.

—¿Y tú?

—Yo no estaba en el coche. Ella iba con un amigo.

Ginger me miró fugazmente. Creo que comprendió cómo había sido: descubrir que me había casado con una chica que no estaba hecha para ser fiel.

Ginger volvió a los temas prácticos.

—¿Os casasteis en Inglaterra?

—Sí, en el Registro Civil de Peterborough.

—Pero ella murió en Italia.

—Sí.

—O sea, que en Inglaterra no consta su muerte.

—Efectivamente.

—¿Qué más quieres? ¡Es la respuesta a nuestras plegarias! ¡Nada más sencillo! Tú estás apasionadamente enamorado y quieres casarte, pero no sabes si tu esposa todavía vive. Hace años que os separasteis y no has vuelto a tener noticias suyas. ¿Te arriesgas? Mientras lo estás pensando, ¡reaparece tu mujer! No solo se niega a concederte el divorcio, sino que amenaza con ir a ver a tu novia y contárselo todo.

—¿Quién será mi futura esposa? —pregunté un tanto confuso—. ¿Tú?

Ginger parecía sorprendida.

—Por supuesto que no. No soy tu tipo. Yo me iría a vivir contigo en pecado. No, sabes muy bien a quién me refiero, y diría que encaja perfectamente. La escultural morena que luces por ahí. Tan sesuda y formal.

—¿Hermia Redcliffe?

—Eso es, tu amiga.

—¿Quién te ha hablado de ella?

—Poppy, por supuesto. Y además es rica, ¿verdad?

—Así es, pero...

—Bien, bien. No estoy diciendo que te casas con ella por su dinero. No eres de esos. Sin embargo, un sinvergüenza como Bradley pensaría lo contrario. Muy bien. Repasemos el guion. Te dispones a hacerle la proposición a Hermia cuando de pronto aparece la esposa no deseada. Se presenta cuando la carne está en el asador. Le pides el divorcio, ella se niega. Es vengativa, y entonces te enteras de Pale Horse. Te apuesto lo que quieras a que Thyrza y Bella, esa aldeana lela, creyeron que ese fue el motivo de tu visita aquel día. Lo interpretaron como un primer paso y, por eso, Thyrza se mostró tan explícita. Te estaban vendiendo el producto.

—Es posible. —Recordé todo lo sucedido aquel día.

—Y tu visita a Bradley encaja perfectamente. ¡Has picado! Eres un posible cliente.

Ginger calló con una expresión de triunfo. Sus palabras me parecían juiciosas, pero aún no comprendía...

—Sigo pensando en que lo investigarán a fondo.

—Seguro.

—No está mal lo de la falsa esposa que resucita del pasado, pero querrán detalles. Desearán saber dónde vive y todo eso. Y si yo intento despistarlos...

—No necesitas despistarlos para hacer las cosas bien. La esposa tiene que estar ahí. ¡Y estará! Agárrate, Mark. ¡Yo soy tu esposa!

La miré fijamente. Con los ojos desorbitados, supongo. No sé cómo no se echó a reír.

Había comenzado a recobrarme cuando Ginger habló de nuevo.

—No te asustes tanto. No es una proposición.

Recuperé el habla.

—No sabes lo que dices.

—Claro que lo sé. Lo que sugiero es perfectamente factible, y tiene la ventaja de no poner en peligro a un inocente.

—Te pondrás en peligro tú.

—Ese es mi problema.

—No, no lo es. Además, el truco no resultará.

—¡Sí, hombre, sí! Lo he estado pensando. Alquilo un piso amueblado y traigo un par de maletas con etiquetas de hoteles extranjeros. Doy el nombre de Mrs. Easterbrook. ¿Quién dirá que no lo soy?

—Cualquiera que te conozca.

—Nadie que me conozca me verá. Estaré de baja en el trabajo. A propósito, ¿tu esposa era morena o rubia? No es que importe mucho.

—Morena —respondí mecánicamente.

—Me teñiré. Ropa distinta, montones de maquillaje y mi mejor amiga no me mirará dos veces. Y como nadie te ha visto del brazo de una esposa en los últimos quince años, nadie podrá descubrir que no soy la auténtica. ¿Por qué habría de dudar la gente de Pale Horse de que no soy la que digo ser? Si estás dispuesto a firmar, apostando una considerable cantidad de dinero a que seguiré viva, nadie creerá que no soy el objetivo legítimo. No tienes relación alguna con la policía. Eres un auténtico cliente. Podrán ver el acta de matrimonio en Somerset House y verificar tu relación con Hermia y todo lo demás. ¿Por qué han de tener dudas?

—No te das cuenta de las dificultades, del peligro.

—¿Peligro? ¡A la porra! Me encanta ayudarte y ver si le podemos sacar esas miserables cien libras al pillo.

Miré a Ginger. Me gustaba mucho. El pelo rojo, las

pecas, su valeroso espíritu. Pero no podía permitir que se arriesgara hasta ese punto.

—No puedo consentirlo, Ginger. Supón que sucediese cualquier cosa.

—¿A mí?

—Sí.

—¿No es eso problema mío?

—No, soy yo quien te ha metido en esto.

Ginger asintió con gesto pensativo.

—Sí, quizá sí, pero no se trata de quién llegó primero. Lo importante es que ahora estamos metidos los dos y tenemos que hacer algo. Te hablo muy en serio, Mark. Esto no es un juego. Si lo que sospechamos es cierto, se trata de algo bestial. Esto no es un crimen pasional, por una cuestión de odio o de celos, ni siquiera es por la codicia, arriesgarte a cometer un asesinato por el afán de ganar dinero. Es el crimen como negocio, algo donde no se tiene en cuenta qué o quién es la víctima. Eso, si lo que sospechamos es verdad.

Me miró con una duda momentánea.

—Es verdad. Por eso temo por ti.

Ginger apoyó los codos en la mesa y comenzó a rebatir mis palabras.

Iniciamos un tira y afloja, repitiendo los mismos argumentos, mientras las manecillas del reloj que estaba en la repisa de la chimenea seguían avanzando inexorablemente.

Ginger remató la discusión.

—Estoy prevenida y preparada. Sé lo que alguien intentará hacerme. Y no creo ni por un momento que pueda conseguirlo. Si todo el mundo siente el «deseo de la muerte», el mío está poco desarrollado.

»Disfruto de una salud excelente, y me niego a creer que vaya a tener cálculos biliares o meningitis solo porque la vieja Thyrza dibuje pentagramas en el suelo o Sybil entre en trance, o lo que hagan esas mujeres.

—Yo diría que Bella sacrifica gallos blancos.

—¡Debes admitir que eso es una farsa!

—En realidad, no sabemos realmente lo que sucede.

—No, por eso es tan importante averiguarlo. Pero ¿tú crees de verdad que, a causa de lo que hagan tres mujeres en el granero de Pale Horse, yo, que vivo en un piso de Londres, caeré víctima de una enfermedad mortal? ¡No puedes creerlo!

—No, no puedo creerlo. Pero...

Intercambiamos una mirada.

—Sí, es nuestro punto débil.

—Escucha, hagámoslo al revés. Yo me quedaré en Londres y tú serás la clienta. Podemos inventarnos algo...

Ginger meneó la cabeza enérgicamente.

—No, Mark. No resultaría. Por varias razones. La más importante es que me conocen en Pale Horse.

»Saben que yo soy una chica independiente. Podían preguntárselo a Rhoda y no encontrarían nada. En cambio, tú estás en la situación ideal. Eres un cliente nervioso, que husmea y no sabe si comprometerse. No, tiene que ser de este modo.

—No me gusta eso. No me gusta pensar que estás sola en algún lugar, bajo un nombre falso, sin que nadie cuide de ti. Creo que antes de hacer semejante cosa deberíamos decírselo a la policía. Ahora.

—Estoy de acuerdo. Creo que debes hacerlo. Ya tienes

algo en que basarte. ¿A quién vas a recurrir? ¿A Scotland Yard?

—No, creo que el detective inspector Lejeune es el mejor candidato.

Capítulo 15

Relato de Mark Easterbrook

El detective inspector Lejeune me cayó bien desde el primer momento. Era muy competente y también imaginativo, el tipo de hombre capaz de considerar ciertas posibilidades, aunque no fueran ortodoxas.

—El doctor Corrigan me ha hablado de su encuentro. Este asunto le ha interesado enormemente desde un principio. El padre Gorman era un hombre muy conocido y respetado en el barrio. ¿Dice usted que posee una información especial para nosotros?

—Está relacionado con un lugar llamado Pale Horse.

—En un pueblo denominado Much Deeping, ¿verdad?

—Sí.

—Hábleme de ello.

Le referí el episodio de la primera mención de Pale Horse en el Fantasie. Luego le conté mi visita a Rhoda y mi encuentro con las tres extrañas mujeres. Hice un resumen lo más preciso posible de las palabras de Thyrza Grey.

—¿Y quedó usted impresionado por lo que le dijo?

Me sentí algo avergonzado.

—Bueno, no en realidad. Quiero decir que no creí seriamente...

—¿No, Mr. Easterbrook? A mí me parece todo lo contrario.

—Supongo que tiene usted razón. A nadie le gusta reconocer su credulidad.

Lejeune sonrió.

—Hay algo que no me ha contado, ¿no es cierto? Usted ya estaba muy interesado cuando fue a Much Deeping. ¿Por qué?

—Creo que fue porque vi a la chica tan asustada.

—¿A la joven de la floristería?

—Sí, su comentario sobre Pale Horse había sido casual, pero después su miedo parecía subrayar que había algo que temer. Y a continuación el encuentro con el doctor Corrigan, quien me habló de la lista de nombres. A dos ya los conocía. Ambos estaban muertos. Un tercero se me antojó familiar. Más tarde averigüé que ella también había muerto.

—¿Se refiere a Mrs. Delafontaine?

—Sí.

—Continúe.

—Decidí averiguar algo más de este asunto.

—Y se puso manos a la obra. ¿Cómo?

Le referí mi visita a Mrs. Tuckerton. Finalmente llegué a Bradley.

Su interés se acentuó. Lejeune repitió el nombre.

—Bradley. ¿De manera que Bradley está metido en esto?

—¿Le conoce?

—¡Oh, sí! Lo sabemos todo sobre Bradley. Nos ha dado muchos quebraderos de cabeza. Es un individuo hábil, que nunca hace nada que nos permita pillarlo. Conoce todas las mañas del juego legal. Siempre está en el lado correcto de la divisoria. Es un tipo que podría escribir un libro como esos viejos de cocina: *Cien maneras distintas de burlar a la ley.* Pero, en cuanto al asesinato, me refiero al crimen organizado, ya no da la talla.

—Ahora que le he contado nuestra conversación, ¿no podría actuar contra ese hombre?

Lejeune meneó la cabeza suavemente.

—No, no es posible. Para empezar, no hay ningún testigo de la entrevista. Fue algo entre ustedes dos, y él puede negarlo todo si le conviene. Aparte de esto, él tenía razón cuando le dijo que un hombre puede apostar sobre cualquier cosa. ¿Qué hay de criminal en eso? A menos que podamos relacionar a Bradley con el crimen en cuestión, y eso me imagino que no será fácil.

Lejeune se encogió de hombros. Tras una leve pausa, añadió:

—Por casualidad, ¿no conoció a un tal Venables en Much Deeping?

—Sí, un día me invitaron a almorzar en su casa.

—¿Y qué impresión le causó?

—Me impresionó fuertemente. Tiene mucha personalidad. Es un hombre inválido.

—Sí. Una víctima de la polio.

—Solo se mueve en silla de ruedas. Pero la incapacidad parece haber acentuado su deseo de vivir y disfrutar de la vida.

—Dígame todo lo que pueda.

Describí la casa de Venables, los tesoros artísticos, la variedad y el alcance de sus intereses.

—Es una lástima.

—¿Qué es una lástima?

—Que Venables sea un lisiado —afirmó Lejeune con un tono seco.

—Perdóneme, pero ¿está usted seguro? ¿No podría ser que estuviese fingiendo?

—No hay ninguna duda. Su médico es sir William Dugdale, de Harley Street, un profesional por encima de toda sospecha. Sir William afirma que las piernas de Venables están atrofiadas. Nuestro querido Mr. Osborne estará muy seguro de que era Venables el hombre que avanzaba a lo largo de Barton Street aquella noche, pero se equivoca.

—Ya comprendo.

—Como le dije, es una lástima. Porque si fuese verdad que existe una organización dedicada al asesinato, Venables sería el tipo de hombre ideal para dirigirla.

—Sí, eso mismo pensé yo.

Con el dedo índice, Lejeune entrelazaba círculos sobre la mesa. De pronto, me miró.

—Vamos a unir todo lo que sabemos. Añadiremos a nuestra información lo que usted ha aportado. Parece cierto que hay una organización especializada en lo que podríamos llamar la eliminación de personas que estorban. No hay nada burdo en la organización. No emplea a matones ni pistoleros. No hay nada que indique que las víctimas no hayan muerto por causas naturales. Además de las tres defunciones que usted ha mencionado, tenemos noticias poco concretas sobre otras muertes, todas naturales, pero en donde alguien salió beneficiado. No hay pruebas, recuérdelo.

»Algo muy astuto, Mr. Easterbrook. Sea quien sea el organizador, y está muy bien organizado, tiene cerebro.

Solo disponemos de unos cuantos nombres dispersos. Dios sabe cuántos más hay y hasta dónde han extendido sus actividades, y los nombres los conocemos porque una mujer, sabiendo que iba a morir, quiso quedar en paz con el Todopoderoso.

Lejeune meneó la cabeza con furia y luego prosiguió:

—Usted dice que esa mujer, Thyrza Grey, alardeó de sus poderes. Puede hacerlo con absoluta impunidad. Acúsela de asesinato, siéntela en el banquillo de los acusados, déjela proclamar a los cuatro vientos que ha liberado a unas cuantas personas de sus sufrimientos terrenales con sus poderes mentales, hechizos o lo que sea, y ¿qué conseguirá? De acuerdo con la ley, no es culpable. Nunca ha estado cerca de las personas fallecidas. Lo hemos comprobado. No les envió bombones envenenados por correo ni nada por el estilo. Según su propia declaración, se sienta en una habitación y emplea la telepatía. ¡El tribunal en pleno se echaría a reír!

—Sin embargo, Lu y Aengus no ríen. Ni otros que se encuentran en la Corte Celestial.

—¿Qué es eso?

—Lo siento. Es una cita de *La hora inmortal.*

—Pues es muy cierta. Los diablos en el infierno estarán riéndose, pero no suenan risas en el cielo. Es un asunto diabólico, Mr. Easterbrook.

—Sí, es una palabra que no se usa mucho en nuestros días. No obstante, es la única aplicable al caso. Por eso...

—¿Sí?

Lejeune me miró inquisitivamente.

—Creo que existe una posibilidad —respondí de carrerilla—, una posibilidad de saber algo más de todo esto. Una amiga y yo hemos elaborado un plan. Quizá le parezca una tontería.

—Veamos primero de qué se trata.

—Antes de nada, debo interpretar que está convencido de la existencia de la organización y de que funciona.

—Desde luego que funciona.

—Pero no sabe cómo funciona. Ya se han dado los primeros pasos. El individuo al que llamo el cliente oye rumores sobre la organización, averigua algo más, le envían hasta Bradley, en Birmingham, y decide seguir adelante. Llega a un acuerdo con él y luego le remiten a Pale Horse. ¡Pero no sabemos lo que pasa después! ¿Qué pasa en Pale Horse? Alguien tiene que ir allí y averiguarlo.

—Continúe.

—No podemos seguir hasta que sepamos exactamente qué hace Thyrza Grey. El doctor Corrigan dice que es una sarta de tonterías, pero ¿lo es, inspector Lejeune? ¿Lo es?

Lejeune suspiró.

—Ya conoce la respuesta, lo que diría cualquier persona cuerda: «Sí, por supuesto». Pero ahora le hablo extraoficialmente. En los últimos cien años han ocurrido cosas muy extrañas. ¿Alguien hubiera creído hace tan solo setenta que una persona escucharía las doce campanadas del Big Ben a través de una pequeña caja y, segundos después, volvería a escucharlas a través de la ventana de su casa en Londres? Pero el Big Ben solo suena una vez, no dos. Lo que sucede es que el sonido llega a los oídos de la persona transmitido por dos clases de ondas. ¿Hubiera creído usted posible escuchar en el salón de su casa la voz de un hombre hablando desde

Nueva York, sin ni siquiera un cable de unión? Puedo citarle una docena de cosas de las que ahora hablan hasta los niños.

—En otras palabras, todo es posible.

—Eso es. Si usted me pregunta si Thyrza Grey podría matar a alguien sin más que poner en blanco los ojos, entrar en trance o proyectar su voluntad, le contestaría «no». Pero no estoy seguro. ¿Cómo voy a estarlo? Si por casualidad ha dado con algo...

—Sí, lo sobrenatural parece sobrenatural. Pero la ciencia de mañana es lo sobrenatural de hoy.

—Recuerde que no hablo oficialmente —me advirtió Lejeune.

—Se expresa de una manera sensata. Y la contestación es que alguien tendrá que ir a ver lo que ocurre de verdad. Lo cual es precisamente lo que me propongo. —Lejeune me miró atentamente—. El terreno está preparado —añadí.

Le expliqué el plan. Le conté exactamente lo que mi amiga y yo íbamos a hacer.

El inspector me escuchó con el entrecejo fruncido, tironeándose el labio inferior.

—Comprendo su punto de vista, Mr. Easterbrook. Las circunstancias le han abierto la entrada. Pero no sé si se da cuenta de que lo que se propone llevar a cabo puede resultar peligroso. Se enfrenta usted con gente de cuidado. Correrá riesgos, pero sin duda será muy peligroso para su amiga.

—Me consta, inspector. Lo hemos examinado un centenar de veces. No me gusta que ella desempeñe el papel que se ha adjudicado. Pero está decidida, completamente decidida. ¡Diablos, ella quiere hacerlo!

—¿Dijo usted que es pelirroja? —me preguntó Lejeune inesperadamente.

—Sí —contesté sorprendido.

—No se puede discutir con una pelirroja. ¡Si lo sabré yo!

Deduje que su esposa debía de serlo.

Capítulo 16

Relato de Mark Easterbrook

En mi segunda visita a Bradley no me sentí nada nervioso. Al contrario, disfruté de ella.

«Identifícate bien con tu papel», me recomendó Ginger antes de separarnos, y eso fue lo que intenté en todo momento.

Bradley me acogió con una sonrisa de bienvenida.

—Me alegro mucho de verle —dijo tendiéndome su mano regordeta—. Así que ha estado usted reflexionando sobre su pequeño problema, ¿verdad? Bueno, ya le dije que no tenía que apresurarse, que se tomara su tiempo.

—Eso es precisamente lo que no puedo hacer. Es... es bastante urgente.

Bradley me miró con atención, advirtiendo mis nerviosas maneras, la forma en que evitaba sus ojos, el temblor de mis manos al dejar el sombrero.

—Bien, bien. Veamos qué podemos hacer al respecto. Usted quiere apostar conmigo, ¿verdad? ¡Ah! Nada como un espíritu deportivo para olvidarse de las preocupaciones.

—Escuche... —comencé, y me interrumpí bruscamente.

Dejé que Bradley hiciera su trabajo. Lo hizo.

—Le veo a usted un tanto nervioso. Cauteloso. Apruebo la cautela. Nunca diga nada que su madre no pueda oír. ¿Quizá cree que tienen «pinchada» esta oficina?

No lo comprendí y mi rostro lo demostró.

—Me refiero a micrófonos ocultos, magnetófonos. Le doy mi palabra de honor de que no hay nada de eso aquí dentro. Nuestra conversación no quedará registrada en ningún lado. Si no me cree —su sinceridad resultaba encantadora—, ¿y por qué iba a creerme?, está usted en su derecho de designar un lugar de su elección y tratar de lo nuestro: un restaurante, la sala de espera de una estación de tren, y allí iremos.

Le contesté que tenía la seguridad de que en su despacho no había nada anormal.

—Muy sensato. Algo así nos perjudicaría, se lo aseguro. Ninguno de nosotros pronunciará una sola palabra que pudiera ser utilizada en «nuestra contra». Empezaremos de este modo. A usted le preocupa algo. Le caigo bien y desea hablarme del tema. Soy un hombre de experiencia y quizá pudiera aconsejarle. Dicen que una preocupación compartida es una preocupación dividida. ¿Le parece bien que lo hagamos así?

Lo hicimos tal cual y empecé con mi historia.

Bradley era muy hábil. Animaba, facilitaba las palabras y frases más difíciles. Tan hábil era que le conté sin el menor esfuerzo todo lo relativo a mi apasionamiento por Doreen y nuestro matrimonio secreto.

—Ocurre tan a menudo... —comentó meneando la cabeza—. Muy a menudo. ¡Algo muy comprensible! Un joven con ideales, una chica auténticamente preciosa. Y ya está. Se encuentran casados en un santiamén, ¿y cómo acaba?

Le expliqué cómo acabó aquello.

Aquí fui deliberadamente vago en los detalles. El hombre que quería representar no habría incurrido en el error de detallar los sórdidos pormenores. Presenté solamente un cuadro de desilusión, un joven tonto que comprende su tontería.

Dejé que diera por hecho que había habido una riña final. Si Bradley interpretaba que mi joven esposa se había ido con otro hombre o que siempre lo había habido, mejor que mejor.

—Pero, aunque ella no era lo que me pareció en un principio —dije con ansiedad—, era una muchacha encantadora. Nunca creí que se comportara tan mal, que llegara a hacerme esto, quiero decir.

—¿Qué le ha hecho?

Lo que «mi esposa» había hecho era volver.

—¿Qué pensó usted que le había ocurrido?

—Supongo que le parecerá extraordinario, pero en realidad no pensé. Imaginé que estaba muerta.

Bradley asintió.

—Un deseo. Solo un deseo —opinó Bradley—. ¿Por qué suponía que estaba muerta?

—Nunca me escribió ni tuve la menor noticia de ella.

El picapleitos de ojos brillantes era, a su manera, un psicólogo. Lo demostró al decir:

—La verdad es que pretendía olvidarla.

—Sí —respondí agradecido—. Y no es que yo quisiera casarme con otra.

—Pero lo piensa ahora, ¿verdad?

—Bueno... —Mostré cierta reserva.

—Vamos, siga, dígaselo a papá —dijo el odioso Bradley.

Admití avergonzado que sí, que últimamente había considerado el matrimonio.

Pero me negué firmemente a facilitarle detalles sobre la joven en cuestión. No pensaba meterla en esto. No iba a decirle ni una palabra sobre ella.

De nuevo adiviné que mi reacción había sido la más apropiada al caso. Él no insistió.

—Muy natural —dijo—. Desea usted sobreponerse a la desagradable experiencia del pasado. Sin duda, ha encontrado a la persona adecuada, capaz de compartir sus gustos literarios y su forma de vivir. Una verdadera compañera.

Vi entonces que sabía lo de Hermia. Averiguar que era una amiga casi íntima no costaba mucho. Después de recibir mi carta, Bradley había averiguado todos los detalles sobre mi persona y Hermia. Estaba bien informado.

—¿Qué le parece el divorcio? —preguntó—. ¿No es esa la solución natural?

—Nada de divorcio. Mi mujer no quiere ni oír hablar de eso.

—Vaya, vaya. ¿Cuál es su actitud hacia usted, si me permite la pregunta?

—Ella quiere volver conmigo. No es muy razonable. Sabe que hay alguien y..., y...

—Es desagradable. Ya comprendo. No parece haber ninguna salida a esa situación, a menos que, desde luego... Pero aún es muy joven.

—Vivirá muchos años —estimé con amargura.

—Bueno, uno no sabe nunca lo que puede pasar, Mr. Easterbrook. Ella ha vivido en el extranjero, ¿no?

—Eso me ha dicho. No sé dónde.

—Quizá en Oriente. A veces, uno va a esos lugares, se contagia con un germen que permanece latente durante años. Entonces regresa a casa y se activa. Sé de dos o tres casos semejantes. Bien podría ser este el caso. Si eso le alegra —Bradley hizo aquí una pausa—, le haré una apuesta.

Meneé la cabeza.

—Vivirá muchos años todavía.

—Bien, las probabilidades están a su favor, lo admito. Pero, de todos modos, apostemos. Mil quinientas a una a que esa señora fallece antes de Navidad. ¿Qué le parece?

—¡Antes, antes! Tendría que ser antes. No puedo esperar. Hay algunas cosas que...

Fui incoherente adrede. No sé si él pensaba que Hermia y yo en nuestras relaciones habíamos ido demasiado lejos, por lo que no podíamos esperar tanto tiempo, o si se figuraba que «mi esposa» había amenazado con buscar a mi joven amiga y armar un escándalo. Quizá pensó que había otro hombre que pretendía a Hermia. Me daba lo mismo lo que creyera. Mi propósito era expresar urgencia.

—Eso cambia un poco la apuesta —declaró Bradley—. Pongamos mil ochocientas contra una a que dentro de menos de un mes su esposa ya no estará entre nosotros. Tengo un presentimiento al respecto.

Me dije que había llegado la hora de regatear y regateé. Protesté, argumentando que no disponía de aquel dinero. Bradley era listo. Por un medio u otro se había enterado de la cantidad de la que podía disponer en un momento de apuro. Sabía que Hermia tenía dinero. Su delicada sugerencia de que más tarde, ya casado, no echaría de menos el dinero perdido en la apuesta fue una prueba de ello. Además, mi premura le colocaba en una posición ventajosa. No rebajó ni un penique.

Por fin cedí y la fantástica apuesta quedó hecha.

Firmé un pagaré. El texto tenía tantos términos legales que no entendí la mitad. En realidad, yo dudaba de que tuviera ningún valor jurídico.

—¿Este es un documento vinculante?

—No creo que llegue nunca a ser puesto a prueba —replicó Bradley con una sonrisa poco agradable—. Una apuesta es una apuesta. Si un hombre no paga...

Le miré fijamente.

—No se lo aconsejaría —añadió con voz melosa—. No, no se lo aconsejaría. No nos gustan los malos perdedores.

—No seré un mal perdedor.

—Estoy seguro de ello, Mr. Easterbrook. Entremos en materia. Dice que Mrs. Easterbrook está en Londres. ¿Dónde, exactamente?

—¿Tengo que decírselo?

—Necesito todos los detalles. Después arreglaremos una cita con Miss Grey. ¿La recuerda?

Le contesté que sí, que la recordaba.

—Una mujer desconcertante, con muchos dones. Miss Grey necesitará una prenda personal de su esposa. Un guante, un pañuelo, algo parecido.

—¿Para qué? Por todos los...

—Ya sé, ya sé. No me pregunte por qué. No tengo la más mínima idea. Miss Grey guarda sus secretos.

—Pero ¿qué sucede después? ¿Qué hace?

—Tiene usted que creerme, Mr. Easterbrook, cuando le digo, hablando con toda sinceridad, que no tengo ni la más remota idea. No sé nada. Es más, no quiero saber nada.

Hizo una pausa y prosiguió con un tono paternal.

—Mi consejo es este, Mr. Easterbrook. Vaya a ver a su esposa. Tranquilícela. Déjele creer que está usted madurando una posible reconciliación. Le sugiero que le diga que debe marchar al extranjero unas semanas, pero que a su regreso, etcétera, etcétera.

—¿Y luego?

—En cuanto le haya sustraído alguna prenda que utiliza con frecuencia, se irá a Much Deeping. Veamos, creo recordar que en su primera visita me dijo que tenía amigos o parientes en aquel pueblo.

—Sí, una prima.

—Eso lo simplifica todo. Esta prima no se opondrá a que usted se aloje en su casa un día o dos.

—¿Qué hace la mayoría de la gente? ¿Alojarse en la posada?

—A veces. Otros vienen en coche desde Bournemouth. Algo así, pero no sé más.

—¿Qué pensará mi prima?

—Usted se mostrará intrigado por los habitantes de Pale Horse. Quiere participar en una *séance*. Nada más sencillo. Miss Grey y su amiga médium las celebran con frecuencia. Usted sabe cómo son los espiritistas. Todo son tonterías, pero siente curiosidad. Eso es todo, Mr. Easterbrook. Como verá, algo muy sencillo.

—¿Y... y después?

Bradley meneó la cabeza sonriendo.

—Esto es todo lo que puedo decirle. De hecho, es todo lo que sé. Miss Grey está a cargo del resto. No se olvide de llevarle el guante o el pañuelo. Le sugiero que después haga un breve viaje al extranjero. En esta época la Riviera italiana resulta muy agradable. Digamos una o dos semanas.

Le contesté que no quería irme al extranjero, que prefería continuar en Inglaterra.

—Muy bien, pero ni se le ocurra quedarse en Londres. Insisto, no se quede en Londres.

—¿Por qué no?

Bradley me dirigió una mirada de reproche.

—A los clientes se les garantiza la seguridad más absoluta si obedecen las instrucciones.

—¿Qué le parece Bournemouth? ¿Serviría Bournemouth?

—Sí, es un sitio adecuado. Alójese en un hotel, haga algunos amigos, procure que le vean en su compañía. Lleve una vida intachable, ese es nuestro objetivo. Siempre puede ir a Torquay si se aburre en Bournemouth.

Hablaba con la amabilidad de un agente de viajes.

Una vez más me vi obligado a estrechar la gordezuela mano.

Capítulo 17

Relato de Mark Easterbrook

—¿Piensas participar realmente en una *séance* en casa de Thyrza? —exclamó Rhoda.

—¿Por qué no?

—No sabía que te interesaran esas cosas, Mark.

—La verdad es que me tienen sin cuidado. ¡Pero esas tres son tan extrañas! Siento curiosidad por ver cómo es el espectáculo que montan.

No me resultó fácil dar a mis palabras un tono frívolo. Con el rabillo del ojo vi que Hugh Despard me miraba intrigado. Era un hombre sagaz, con una larga vida de aventuras, uno de esos hombres que dan la impresión de poseer un sexto sentido en lo que se refiere al peligro. Creo que ahora lo husmeaba y que comprendía que estaba en juego algo más importante que la ociosa curiosidad.

—Entonces te acompañaré, Mark —dijo Rhoda alegremente—. Siempre deseé presenciar una cosa así.

—Tú no harás tal cosa, Rhoda —gruñó Despard.

—Sabes muy bien que yo no creo en los espíritus, Hugh, sabes que no. Si pretendo ir es solo por pura diversión.

—Estos asuntos no son divertidos. Es probable que pueda haber algo auténtico. Pero no traen nada bueno a la gente que va por «simple curiosidad».

—Entonces también tendrás que disuadir a Mark.

—Mark no es mi responsabilidad.

Despard me miró de reojo. Estaba seguro de que yo perseguía un fin concreto.

Rhoda se enojó mucho, pero lo superó y, cuando aquella misma mañana tropezamos con Thyrza Grey, la propia Thyrza dejó las cosas bien claras.

—Hola, Mr. Easterbrook, recuerde que tenemos una cita. Confiamos en poder ofrecerle un buen espectáculo. Sybil es una médium maravillosa, pero nunca se saben de antemano los resultados. Así que no se decepcione. Debo pedirle una cosa: mantenga una actitud abierta. La persona sincera siempre es bien acogida. En cambio, una actitud frívola es perjudicial.

—Yo quería ir —señaló Rhoda—, pero Hugh tiene demasiados prejuicios. Ya sabe cómo es.

—De todos modos, no habría aceptado su presencia —contestó Thyrza—. Con un extraño hay suficiente. —Se volvió hacia mí—. ¿Qué le parece si viene y cena con nosotras antes de empezar? Nunca comemos mucho antes de una *séance.* ¿A las siete? Perfecto. Le esperamos.

Thyrza Grey sonrió y se alejó apresuradamente. Me quedé absorto en mis pensamientos, y me perdí completamente lo que mi prima me estaba diciendo.

—¿Decías algo, Rhoda? Lo siento.

—Últimamente estás muy raro, Mark. Desde que llegaste. ¿Ocurre algo?

—No, claro que no. ¿Qué podría sucederme?

—¿Te has encallado con el libro? ¿Algo por el estilo?

—¿El libro? —Por unos segundos fui incapaz de recordar nada relacionado con mi libro. Después añadí rápidamente—: ¡Ah, sí! El libro. Más o menos va saliendo.

—Creo que estás enamorado. Sí, eso es. El amor causa unos efectos muy malos en los hombres. Les trastorna el cerebro. A las mujeres nos pasa lo contrario. Nos sitúa en la cumbre, se nos ve radiantes y doblemente bellas. Resulta divertido que les siente tan bien a las mujeres y que a los hombres los haga parecer ovejas enfermas.

—¡Muchas gracias!

—¡Oh, no te enfades conmigo, Mark! Creo que es lo mejor que podía ocurrirte. Estoy encantada. Ella es muy guapa.

—¿Quién?

—Hermia Redcliffe, desde luego. Crees que no me entero de nada. Hace tiempo que lo veo venir. Y ella es la persona que te conviene, guapa e inteligente. Absolutamente adecuada.

—Esa es una de las cosas más cursis que puedes decirle a alguien.

Rhoda me miró atentamente.

—¿Lo es?

Rhoda se volvió diciendo que iría a meterle bronca al carnicero. Le respondí que pasaría por la vicaría.

Antes de que hiciera cualquier comentario, me apresuré a añadir:

—Que conste que no voy a pedirle que cuelgue las amonestaciones.

Ir a la vicaría era como volver al hogar.

La puerta de la hospitalaria casa estaba abierta y, al entrar, noté que me liberaba de una pesada carga.

Mrs. Calthrop apareció en la puerta al final del vestíbulo, cargada con un enorme cubo de plástico verde brillante.

—¡Hola, es usted! Me lo figuré.

Me entregó el cubo. No tenía idea de lo que debía hacer con él y lo miré confuso.

—Déjelo ahí fuera, en el escalón de la entrada —me ordenó impaciente, como si fuera lógico que yo lo supiese.

Obedecí. Luego la acompañé a la misma oscura y desordenada habitación de la primera vez. En la chimenea apenas si quedaban rescoldos, pero Mrs. Calthrop reavivó el fuego y echó un tronco. Me indicó que me sentara y ella me imitó, mirándome con impaciencia.

—Bien, ¿qué ha hecho?

Por la contundencia de sus modales, cualquiera diría que había que asaltar un tren.

—Me dijo que hiciera algo. En eso estoy.

—Bien. ¿De qué se trata?

Se lo conté todo. De una manera tácita le hablé incluso de cosas que solo conocía a medias.

—¿Esta noche? —preguntó Mrs. Calthrop preocupada.

—Sí.

Guardó silencio unos segundos. Evidentemente, reflexionaba. No me pude contener.

—No me gusta esto, Dios mío —dije—, no me gusta nada.

—¿Por qué?

Eso, desde luego, no tenía respuesta.

—Temo que a ella le ocurra algo.

Me miró con expresión bondadosa.

—No tiene usted ni idea de lo valiente que es —continué—. Si de un modo u otro esa gente le causara algún daño...

—No veo cómo. No, en absoluto. ¿Cómo van a causarle algún mal?

—Ha habido otras víctimas anteriormente.

—Sí, eso parece —dijo con cierto desánimo.

—Por lo demás, estará bien. Hemos tomado todas las precauciones imaginables. No pueden hacerle ningún daño físico.

—Pero esa gente lo afirma. Se consideran capaces de actuar sobre el cuerpo a través de la mente. Primero la enfermedad y luego la muerte. Muy interesante, si pueden hacerlo. ¡Y qué horrible! Hay que detenerlos, como ya convinimos.

—Pero es ella la que corre el peligro.

—Alguien tiene que hacerlo —concluyó la esposa del vicario con calma—. Le hiere en su orgullo no ser usted. Ha tenido que tragárselo. Ginger es ideal para desempeñar el papel. Sabe dominar sus nervios y es inteligente. No le dejará en mal lugar.

—¡No es eso lo que me preocupa!

—No se inquiete por nada. Así no la ayudará. Afronte las consecuencias. Si muere como resultado de este experimento, habrá muerto por una buena causa.

—¡Dios mío! ¡Es usted brutal!

—Alguien tiene que serlo. Siempre piense lo peor. No sabe usted hasta qué punto calma los nervios. De inmediato se siente que no será todo tan terrible como había imaginado.

—Quizá tenga usted razón.

Mrs. Calthrop me contestó, absolutamente convencida, que así era.

Pasé a los detalles.

—¿Tienen teléfono aquí?

—Naturalmente.

Le expliqué lo que quería hacer.

—Esta noche, en cuanto haya terminado esto, quiero ponerme en contacto con Ginger. La llamaré por teléfono cada día. ¿Puedo llamarla desde aquí?

—Por supuesto. En casa de Rhoda hay demasiado movimiento. Además, querrá asegurarse de que nadie la escuche.

—Me alojaré allí unos pocos días. Luego quizá me vaya a Bournemouth. Se supone que no debo regresar a Londres.

—No sirve de nada mirar tan lejos. Ahora piense exclusivamente en esta noche.

—Esta noche. —Me puse en pie—. Rece por mí... por nosotros.

—Naturalmente —contestó Mrs. Calthrop sorprendida de que se lo hubiera sugerido.

Al salir de la casa sentí una repentina curiosidad.

—¿Y este cubo? ¿Para qué es?

—¿El cubo? Es para los chiquillos que ayudan a la iglesia recogiendo bayas y hojas de los setos. Siniestro, ¿verdad?, pero muy práctico.

Contemplé el hermoso y plácido panorama otoñal.

—Los ángeles y los ministros de la Guerra nos protegen —murmuré.

—Amén —dijo Mrs. Calthrop.

La recepción en Pale Horse fue absolutamente convencional. No sé qué ambiente había esperado encontrar, pero no era este.

Thyrza Grey, vestida con un sencillo vestido oscuro, abrió la puerta y dijo con un tono impersonal:

—Ah, ya ha llegado usted. Muy bien, muy bien. Ya está lista la cena.

Nada podía resultar más corriente, más normal.

Al fondo de la sala estaba preparada la mesa con una cena sencilla: sopa, tortillas a la francesa y queso. Nos la sirvió Bella. Llevaba un vestido negro; parecía más que nunca un personaje de fondo en un primitivo italiano. La nota exótica la puso Sybil. Llevaba un largo vestido de tela multicolor con reflejos dorados. Había prescindido de sus cuentas, pero lucía dos pesados brazaletes de oro en las muñecas. Comió una minúscula porción de tortilla y nada más. Habló poco, con una actitud distante. Todo aquello tendría que haber sido impresionante. No lo era. El efecto era teatral y poco creíble.

Thyrza Grey se encargó de animar la conversación, una charla intrascendente sobre acontecimientos locales. Se mostró como la clásica solterona rural inglesa: agradable, eficiente y poco interesada en nada más allá de su entorno.

Pensé que estaba loco. ¿Qué podía temerse allí? Incluso Bella parecía más una pobre campesina medio tonta, como otros centenares de mujeres de su tipo, sin ninguna educación y expectativas.

Mi conversación con Mrs. Calthrop se me antojó fantástica. Nos habíamos imaginado Dios sabe qué. La idea de que Ginger, ahora con el pelo teñido y un nombre falso, pudiese estar en peligro por obra de estas tres mujeres absolutamente vulgares, ¡era ridícula!

Llegamos al final de la cena.

—No tomaremos café —dijo Thyrza en tono de excusa—. Nos excitaría demasiado. —Se puso en pie—. ¿Sybil?

—Sí. —Sybil adoptó una expresión de éxtasis que supuestamente debía ser de éxtasis y ultramundana—. Debo prepararme.

Bella comenzó a recoger la mesa. Yo me acerqué al rótulo de la antigua posada. Thyrza me siguió.

—Con esta luz no se ve bien —me dijo.

Era cierto. La desvaída imagen cubierta por una capa de mugre apenas dejaba entrever la figura de un caballo. Las bombillas poco potentes y protegidas por gruesas pantallas de pergamino apenas si iluminaban la sala.

—Esa muchacha pelirroja..., ¿cómo se llama?, Ginger, la que estuvo aquí, dijo que se ocuparía de restaurarlo. Supongo que ya ni siquiera se acuerda. Trabaja para una galería de Londres —señaló despreocupadamente.

Experimenté una extraña sensación al oír hablar de Ginger tan de repente.

—Podría resultar interesante —musité con la vista en el cuadro.

—Por supuesto, no se trata de una buena pintura. Pero va con el lugar, y tiene más de trescientos años.

—Lista.

Nos volvimos bruscamente.

Era Bella quien nos llamaba.

—Es hora de comenzar —dijo Thyrza con naturalidad.

La seguí hasta el granero reconvertido en biblioteca.

Como ya he dicho, no se podía acceder directamente

desde la casa. Era una noche oscura y las nubes tapaban las estrellas. Entramos en la gran habitación iluminada.

El granero parecía otro. Durante el día lo había tomado por una acogedora biblioteca. Ahora era algo más. Había lámparas, pero estaban apagadas. La iluminación era indirecta y alumbraban con una luz suave y fría. En el centro había una tarima o un diván cubierto por un paño rojo con diversos signos cabalísticos bordados.

En un extremo había algo parecido a un pequeño brasero y, a su lado, una gran palangana de cobre, bastante vieja a juzgar por su aspecto.

Al otro lado, casi tocando la pared, vi una pesada silla de roble. Thyrza me la señaló.

—Siéntese allí.

Obedecí. Los modales de Thyrza habían variado, aunque no hubiera podido explicar cuál era el cambio. No se trataba del falso ocultismo de Sybil. Era como si acabaran de levantar el telón de la trivial vida cotidiana. Detrás estaba la mujer real, con el aire de un cirujano que se prepara para una intervención difícil y peligrosa. Esta impresión se acentuó cuando cogió de un armario una bata, cuya confección se parecía a un tejido metálico. A continuación, se calzó unos guantes de malla fina que me recordó el material de un chaleco antibalas.

—Es preciso tomar precauciones.

La frase me pareció un poco siniestra. Luego añadió con una enfática voz profunda:

—He de insistir, Mr. Easterbrook, en la necesidad de que no se mueva de donde está. Por ningún concepto abandone la silla. Podría ser peligroso. Esto no es un juego de niños. ¡Trato con fuerzas que son peligrosas para los que no saben manejarlas! —Hizo una pausa y añadió—: ¿Lleva encima lo que le dijeron que trajera?

Sin pronunciar palabra, saqué del bolsillo un guante de gamuza y se lo di.

Lo cogió y se aproximó a una lámpara con la pantalla metálica. La encendió y expuso el guante a la acción de los rayos, que eran de un color especialmente repugnante. El castaño de la piel tomó un indefinible color grisáceo.

Apagó la luz, asintiendo satisfecha.

—Perfecto. Las emanaciones físicas de su dueña son muy fuertes.

Lo dejó sobre lo que parecía ser un gran aparato de radio, al fondo de la habitación. Luego levantó la voz un poco.

—Bella, Sybil. Estamos preparados.

La primera en aparecer fue Sybil. Llevaba una larga capa negra encima del vestido multicolor. Se la quitó con un gesto teatral. La capa cayó al suelo, formando lo que parecía un charco de agua negra. Después, avanzó.

—Confío en que todo saldrá bien. Nunca se sabe. Haga el favor de no adoptar una actitud escéptica, Mr. Easterbrook. Dificultaría las cosas.

—Mr. Easterbrook no ha venido aquí a burlarse —apuntó Thyrza.

Había cierta oculta fiereza en sus palabras.

Sybil se tendió en el diván púrpura. Thyrza se inclinó sobre ella para ayudarla a acomodar sus prendas.

—¿Estás a gusto?

—Sí, gracias, querida.

Thyrza apagó algunas luces. Luego desplazó lo que parecía un palio sobre ruedas y lo situó de manera que proyectara su sombra sobre el diván.

—Una luz excesiva es perjudicial para un completo trance. Estamos listos, Bella.

Bella apareció de entre las sombras. Las dos mujeres se acercaron a mí. Thyrza cogió mi mano izquierda con su derecha y, con la izquierda, sujetó la mano derecha de Bella. La mano izquierda de Bella encontró mi derecha. La piel de Thyrza me pareció seca y áspera. La de Bella, fría y fofa. Se me antojó que acababa de tocar una babosa y me estremecí de repugnancia.

Thyrza, sin duda, había oprimido algún botón oculto, porque empezó a sonar una suave melodía: la *Marcha fúnebre* de Mendelssohn.

«*Mise en scène* —pensé desdeñosamente—. Pura comedia.» Me mostraba frío y crítico. Sin embargo, sentía una indeseada aprensión emocional.

La música cesó. Hubo una prolongada espera. Solo se oía la respiración de Bella, ligeramente asmática, y la de Sybil, profunda y regular.

Y entonces, repentinamente, Sybil habló. Pero no era su voz. Era la de un hombre, tan diferente de su tono normal como era posible. Tenía un gutural acento extranjero.

—Aquí estoy —dijo la voz.

Mis manos quedaron libres. Bella se perdió en la oscuridad.

—Buenas noches. ¿Eres Macandal? —preguntó Thyrza.

—Soy Macandal.

Thyrza fue al diván y apartó el palio protector. La suave luz iluminó el rostro de Sybil. Parecía hallarse completamente dormida. En reposo, su rostro parecía muy distinto.

Las arrugas habían desaparecido. Parecía mucho más joven. Casi parecía hermosa.

—Macandal —dijo Thyrza—, ¿estás dispuesto a someterte a mis deseos, a doblegarte a mi voluntad?

—Sí, lo estoy —respondió la voz profunda.

—¿Protegerás el cuerpo de la huésped que yace aquí, y que ahora ocupas, de todo daño físico y de todo mal? ¿Dedicarás su fuerza vital a mis propósitos, a que esos propósitos sean conseguidos por su mediación?

—Sí.

—¿Utilizarás este cuerpo para que la muerte pase por él obedeciendo leyes naturales y habite en el cuerpo del recipiente?

—Sí. La Muerte debe ser enviada a causar la muerte. Así será.

Thyrza retrocedió un paso. Apareció Bella y le tendió un crucifijo que Thyrza puso sobre el pecho de Sybil en posición invertida. Después Bella trajo un pequeño frasco verde. Thyrza vertió una o dos gotas encima de la frente de Sybil y trazó un signo con el dedo. Nuevamente pensé que era el signo de la cruz invertida.

—Agua bendita de la iglesia católica de Garsington —me explicó brevemente.

La voz de Thyrza tenía un tono absolutamente normal y esto, no obstante, no rompió el hechizo. Todo aquel asunto me pareció más alarmante que nunca.

Finalmente trajo aquel horrible sonajero que yo había visto antes. Lo sacudió tres veces y luego lo colocó en la mano de Sybil.

—Todo está listo —anunció.

Bella repitió sus palabras:

—Todo está listo.

Thyrza se dirigió a mí en voz baja:

—No creo que le haya impresionado mucho todo este ritual. Algunos de nuestros visitantes se sobrecogen. Me atrevería a asegurar que para usted no son más que tonterías. No esté tan seguro. El ritual, toda esta retahíla de palabras y frases santificadas por el tiempo y el uso, ejercen su efecto sobre el espíritu humano. ¿Qué provoca la histeria colectiva? No lo sabemos exactamente y, sin embargo, es un fenómeno que existe. Yo creo que esos antiguos sortilegios desempeñan su papel, un papel necesario.

Bella había abandonado la habitación. Ahora apareció con un gallo blanco. Estaba vivo y luchaba por soltarse.

Bella se arrodilló en el suelo y con un trozo de tiza empezó a dibujar signos alrededor del brasero y de la palangana de cobre. Después puso el gallo sobre la línea curva alrededor de la palangana y lo mantuvo inmóvil.

Dibujó más signos, cantando con una voz gutural. Las palabras eran incomprensibles, pero era obvio que el balanceo y el cántico tenían por objeto provocar una especie de obsceno frenesí.

—No es muy agradable, ¿verdad? —me dijo Thyrza—. Eso es antiquísimo. El maleficio de la muerte según las viejas fórmulas transmitidas de madres a hijas.

No acertaba a entender a Thyrza. No hacía nada por intensificar los posibles efectos que la desagradable actuación de Bella hubiera podido causar en mí. Representaba deliberadamente el papel de una comentarista.

Bella extendió las manos hacia el brasero y apareció una temblorosa llama, la roció con una sustancia desconocida, y un penetrante y empalagoso perfume saturó el aire.

—Estamos preparados —manifestó Thyrza. «El cirujano coge el bisturí», pensé.

Se acercó a la caja que yo había tomado por un aparato de radio y la abrió. Vi que se trataba de un artilugio eléctrico bastante complicado.

Tenía ruedas y lo empujó lenta y cuidadosamente hasta el diván.

Se inclinó sobre la caja y manipuló los mandos, recitando en voz baja:

—La brújula al noroeste... Grados. Eso es.

Cogió el guante, lo colocó de una manera muy particular y encendió una luz violeta.

Entonces le habló a la inerte figura en el diván.

—Sybil Diana Helen, acabas de abandonar tu envoltura mortal, que el espíritu Macandal custodia para ti. Ya eres libre de fundirte con la propietaria de este guante. Como todos los seres humanos, su meta es la muerte. No existe más satisfacción final. Solo la muerte resuelve todos los problemas. Solo la muerte proporciona la paz auténtica. Todos los grandes del pasado la han conocido. Recuerda a Macbeth. «Tras la fiebre de la vida ahora descansa en paz.» Recuerda el éxtasis de Tristán e Isolda. El amor y la muerte. El amor y la muerte. Pero la más grande es la muerte.

Las palabras se repetían como un eco. La caja emitía un sordo zumbido, las lámparas brillaban. Me sentía mareado, confuso. Aquello ya no era un motivo de burla. Thyrza, en pleno ejercicio de su poder, mantenía a la figura del diván completamente esclavizada. La estaba utilizando. La utilizaba para un fin concreto. Comprendí vagamente por qué Ariadne se había sentido asustada, no de Thyrza, sino de Sybil, una mujer aparentemente tonta. Sybil tenía un poder, un don natural, algo que no tenía que ver con la mente o el intelecto. Era un poder físico, el poder de separarse del cuerpo. Y una vez separada su mente no era suya sino de Thyrza. Y Thyrza se valía de su temporal posesión.

¿Y la caja? ¿Qué papel representaba la caja?

De repente, todos mis miedos se centraron en la caja. ¿Qué diabólico secreto encerraba? ¿Sería capaz de producir rayos que actuaran sobre las células del cerebro, de un cerebro determinado?

La voz de Thyrza continuaba sonando.

—El punto débil, siempre hay un punto débil, oculto en los tejidos de la carne. A través de la debilidad llega la fuerza, la fuerza y la paz de la muerte, lenta, naturalmente. Hacia la muerte, el camino verdadero, el natural. Los tejidos del cuerpo obedecen a la mente. Ordénaselo, ordénaselo. Hacia la muerte. La Muerte, la conquistadora. La Muerte. Pronto, muy pronto. Muerte... Muerte... ¡Muerte!

Su voz se intensificó hasta convertirse en un vibrante grito. Otro chillido bestial salió de la garganta de Bella. La mujer se levantó, brilló el destello del cuchillo, sonó el cloqueo ahogado del gallo y la sangre chorreó en la palangana de cobre.

Bella vino corriendo con la palangana.

—Sangre... La sangre... ¡Sangre!

Thyrza sacó el guante de la máquina. Bella se lo arrebató para sumergirlo en la sangre, y luego se lo devolvió a Thyrza, que lo volvió a poner en su sitio.

La voz de Bella volvió a chillar:

—La sangre... La sangre... ¡La sangre!

Comenzó a correr alocadamente alrededor del brasero, para luego arrojarse al suelo sin interrumpir sus violentas convulsiones. La llama del brasero se apagó.

Me entraron ganas de vomitar. Me aferré a los brazos de la silla. La cabeza me daba vueltas.

Oí un chasquido. Se apagó el zumbido de la caja.

La voz de Thyrza sonó clara y compuesta:

—La magia antigua y la moderna. Las viejas creencias y los conocimientos científicos. Juntas, prevalecerán.

Capítulo 18

Relato de Mark Easterbrook

—¿Cómo ha ido? —me preguntó Rhoda ansiosamente cuando aparecí por la mañana para desayunar.

—Los trucos de siempre —respondí indiferente.

Me inquietó la mirada de Despard. Un hombre perceptivo.

—¿Pentagramas cabalísticos?

—A puñados.

—¿Y gallos blancos?

—Naturalmente. Eso forma parte de la actuación de Bella.

—Trances y demás cosas por el estilo, ¿no?

—Tú lo has dicho, trances y demás cosas por el estilo.

Rhoda parecía desilusionada.

—Da la impresión de que lo has encontrado todo muy aburrido —afirmó.

Contesté que esas cosas eran siempre lo mismo. De cualquier modo, había conseguido satisfacer mi curiosidad.

En cuanto mi prima se marchó a la cocina, Despard preguntó:

—Te ha sorprendido un poco, ¿no es cierto?

—Pues...

Estaba ansioso por disimular lo acontecido, pero a Despard no se le podía engañar fácilmente.

—En determinado aspecto fue algo bestial —manifesté.

Él asintió.

—En realidad, uno no cree en ello. Sobre todo cuando se razona, pero estas cosas producen su efecto. Lo he visto en África Oriental. Los brujos ejercen un terrorífico dominio sobre la gente y hay extraños sucesos que no se pueden explicar de un modo racional.

—¿Muertes?

—Sí. Cuando un hombre se sabe marcado, se muere.

—El poder de la sugestión.

—Es probable.

—Pero la explicación no te satisface.

—No, no del todo. Hay casos difíciles de explicar con nuestras pretenciosas teorías científicas occidentales. El maleficio no influye habitualmente en los europeos, aunque he conocido casos. Pero si la creencia está en tu sangre, se acabó. —Lo dejó así.

—Convengo en que no se puede ser demasiado didáctico —apunté pensativamente—. Hasta en nuestro país ocurren cosas extrañas. Un día me encontraba en un hospital de Londres. Trajeron a una chica, un caso de neurosis. Se quejaba de terribles dolores en todas las articulaciones. No había ningún motivo físico. Sospechaban que era víctima de un ataque de histeria. Un médico le dijo que la única cura era pasarle por el brazo un hierro candente. ¿Se atrevería a probarlo? Accedió.

»La muchacha volvió la cabeza y cerró los ojos. El

doctor sumergió una varilla de cristal en agua fría y luego se la pasó por el brazo. La joven lanzó un angustioso grito. «Ya está usted curada», dijo el médico. «Así lo espero, pero ha sido horroroso. ¡Cómo quemaba!», respondió la paciente. Lo que me pareció extraordinario no fue que creyera que la habían quemado, sino que el brazo se veía quemado. La piel que había estado en contacto con la varilla se veía cubierta de ampollas.

—¿Se curó? —preguntó Despard interesado.

—Sí. La neuritis, o lo que fuese, desapareció para siempre. Pero tuvieron que curarle las quemaduras.

—Extraordinario. Menuda demostración, ¿verdad?

—El médico estaba asombrado.

—No lo dudo.

Despard me miró atentamente.

—¿Por qué tenías tanto interés en asistir a la *séance*?

Me encogí de hombros.

—Esas tres mujeres consiguieron intrigarme. Deseaba ver qué espectáculo montaban.

Despard no dijo nada más. Seguramente no me creyó. Como ya he dicho, era un hombre muy perceptivo.

Más tarde me fui a la vicaría. La puerta estaba abierta, pero no parecía haber nadie en la casa.

Me dirigí a la pequeña habitación donde estaba el teléfono y llamé a Ginger. Se me antojó que transcurría una eternidad antes de oír su voz.

—¡Diga!

—¡Ginger!

—¡Ah, eres tú! ¿Qué tal ha ido?

—¿Te encuentras bien?

—Claro que me encuentro bien. ¿Por qué no iba a estarlo?

Experimenté un alivio inmenso.

No le pasaba nada. Su actitud desafiante me hizo mucho bien. ¿Cómo podía haber creído que todas aquellas patrañas dañarían a una mujer tan normal como Ginger?

—Pensé que quizá habías tenido una pesadilla —le dije avergonzado.

—Nada de nada. Esperaba tenerlas, pero lo único que conseguí fue no pegar ojo, preguntándome si sentía algo especial. Me indignó comprobar que no.

Me eché a reír.

—Continúa —dijo Ginger—. Cuéntamelo todo.

—Nada fuera de lo ordinario. Sybil entró en trance tendida en un diván rojo.

Ginger soltó una carcajada.

—¿De veras? ¡Estupendo! Terciopelo y ella sin nada encima, ¿verdad?

—Sybil no es madame de Montespan. Y no era una misa negra. En realidad, Sybil llevaba varias prendas con símbolos bordados.

—Muy adecuado para Sybil. ¿Qué hizo Bella?

—Fue algo bestial. Mató un gallo blanco y empapó tu guante con la sangre.

—¡Repugnante! ¿Algo más?

—Muchas cosas. —Me pareció que lo estaba haciendo muy bien y continué—: Thyrza me endilgó todo el rollo. Invocó a un espíritu, creo que se llamaba Macandal. Hubo cánticos y luces de colores. Mucha gente se habría sentido muy impresionada, por no decir muerta de miedo.

—¿Y tú no?

—Bella me asustó un poco. Temí que perdiera la cabeza y me convirtiera en la segunda víctima.

—¿No te asustó nada más? —insistió Ginger.

—No me dejo influir por esas cosas.

—Entonces, ¿por qué te has sentido tan contento al comprobar que me encontraba perfectamente?

—Porque...

Me interrumpí bruscamente.

—No es preciso que me contestes —se apiadó Ginger—. Y tampoco es necesario que intentes quitarle importancia. Algo te ha impresionado.

—Me sobrecogió un poco que Thyrza pareciera tan segura del resultado.

—¿Segura de que es capaz de matar a una persona?

Su tono de voz era de incredulidad.

—Es puro embuste.

—¿Bella también se mostró confiada?

Reflexioné un momento.

Creo que Bella disfruta matando gallos y poniéndose frenética. Escuchar la impresionante cantinela: «La sangre... La sangre...», resulta impresionante.

—Me hubiera gustado verla —dijo Ginger pesarosa.

—Y a mí que tú la vieras. Francamente, fue todo un espectáculo.

—Tú estás bien, ¿no?

—¿Qué quieres decir?

—No lo estabas, al principio, pero ahora sí.

Ginger no se equivocaba. El sonido alegre de su voz había actuado sobre mí como un sedante. Para mis adentros, me descubrí ante Thyrza Grey. Por mucho que fuera una farsa, había llenado mi mente con dudas y aprensiones. Pero ahora carecía de importancia. Ginger estaba bien. Ni siquiera había sufrido una pesadilla.

—¿Qué haremos ahora? —preguntó Ginger—. ¿Tengo que continuar aquí otra semana?

—Sí, sí, quiero ganarle cien libras a Bradley.

—Lo conseguirás, aunque sea lo último que hagas. ¿Estás en casa de Rhoda?

—De momento. Después me trasladaré a Bournemouth. Tienes que llamarme por teléfono todos los días, o mejor ya te llamaré yo. Ahora llamo desde la vicaría.

—¿Cómo está Mrs. Calthrop?

—En plena forma. A propósito, la he puesto al corriente de nuestro plan.

—Has hecho bien. Bueno, adiós. La vida será muy aburrida durante las próximas semanas. Me he traído trabajo, y muchos libros de esos que nunca tienes tiempo de leer.

—¿Qué pensarán en la galería?

—Que estoy haciendo un crucero.

—¿No te gustaría que fuese una realidad?

—No mucho. —Su voz sonó un poco rara.

—¿Se ha presentado alguien sospechoso?

—Solo la gente habitual. El lechero, el empleado de la compañía del gas, una encuestadora que quería saber los medicamentos y cosméticos que usaba, un hombre que recogía firmas en pro de la abolición de las armas nucleares, una señora que quería una suscripción para los ciegos y los porteros del edificio. Muy serviciales. Uno me arregló un fusible.

—Parecen personas bastante inofensivas.

—¿Qué esperabas?

—No lo sé.

Tal vez había deseado algo concreto.

Pero las víctimas de Pale Horse morían por su libre albedrío. No, *libre* no era la palabra adecuada. La semilla de la debilidad física se desarrollaba mediante un proceso incomprensible para mí.

Ginger rechazó mi vaga sugerencia sobre un falso empleado de la compañía del gas.

—Llevaba sus credenciales en orden. Se las pedí. Era el clásico tipo que se sube a una escalera en el cuarto de baño, lee las cifras del contador y las anota en una libreta. Era demasiado finolis como para ponerse a trastear con los tubos y las llaves. Te garantizo que no ha preparado un escape de gas en mi dormitorio.

No, Pale Horse no se valía de los escapes de gas. ¡Nada tan concreto!

—¡Ah! Tuve otra visita. Tu amigo, el doctor Corrigan. Es muy atento.

—Supongo que lo enviaría Lejeune.

—Parece creer en la necesidad de reunirse con alguien de su mismo apellido. ¡Arriba los Corrigan!

Colgué mucho más tranquilo.

Al regresar, me encontré con Rhoda, que estaba en el jardín, aplicando un ungüento a uno de sus perros.

—Acaba de irse el veterinario. Son hongos. Es muy contagioso. No quiero que lo pillen los chicos o los otros perros.

—O un adulto.

—Por lo general se contagian los niños. Menos mal que han pasado todo el día en la escuela. Quieta, *Sheila.* No te muevas. Se les cae el pelo con la pomada. Deja algunas clapas, pero luego vuelve a crecer.

Asentí, ofrecí mi colaboración amablemente, que rechazó, lo cual le agradecí infinito y me marché.

Siempre he creído que la maldición del campo es que nunca hay más de tres direcciones en las que poder ir a dar un paseo. En Much Deeping hay que elegir entre la carretera de Garsington, la que lleva a Long Contenham, o tomar por Shadhanger Lane, hasta la carretera principal de Londres a Bournemouth, a tres kilómetros de distancia.

Al mediodía siguiente ya había explorado las dos primeras carreteras. Shadhanger Lane era la última variación. Eché a andar y entonces me asaltó una idea. La entrada de Priors Court daba a aquel camino. ¿Por qué no hacerle una visita a Venables?

Cuanto más lo pensaba, más me gustaba la idea. Mi conducta no suscitaría sospecha alguna. Había ido allí la primera vez acompañado de Rhoda. Sería muy natural presentarme y preguntar si podía enseñarme alguno de los curiosos objetos que no había tenido tiempo de ver bien en aquella ocasión.

La identificación de Venables por aquel farmacéutico..., ¿cómo se llamaba...?, ¿Ogden, Osborne?, resultaba interesante. Aun admitiendo que, según Lejeune, quien perseguía al sacerdote no podía ser Venables a causa de su parálisis, resultaba curioso que el error se cometiera con un hombre que habitaba en la misma población y que encajaba con el personaje.

Había algo misterioso en Venables. Me lo había parecido desde un principio. Tenía, estaba seguro, una inteligencia privilegiada. Y había algo..., ¿cómo lo diría...?, me vino a la mente la palabra *lobuno*. Depredador, destructivo. Un hombre, quizá, excesivamente inteligente para matar por sí mismo, pero capaz de organizar crímenes si se lo proponía.

Para mí, Venables encajaba muy bien en el asunto. La mente maestra tras bastidores. Pero el farmacéutico, Osborne, insistía en haberlo visto caminando por una calle de Londres. Como esto era imposible, la identificación carecía de valor. Entonces, el hecho de que Venables viviera en las proximidades de Pale Horse no significaba nada.

Así y todo, quería echarle otro vistazo. Por lo tanto, en el momento indicado, giré para cruzar la verja de Priors Court y recorrí los cuarenta metros de serpenteante camino hasta la casa.

El mismo criado me abrió la puerta y me informó de que Mr. Venables estaba en casa. Se excusó por dejarme solo unos segundos en el vestíbulo. «El señor no siempre se encuentra en condiciones de atender a sus visitantes», y regresó diciéndome que el dueño de la casa tendría mucho gusto en recibirme.

Venables me dispensó una cordial acogida. Avanzó la silla y me saludó como a un viejo amigo.

—Ha sido muy amable al venir. Me enteré de su regreso y pensaba llamar esta noche a nuestra querida Rhoda para invitarlos a almorzar o a cenar.

Me disculpé por presentarme de sopetón, y agregué que había obrado movido por un repentino impulso. Había salido a dar un paseo y me había decidido a entrar al ver que pasaba por delante de la finca.

—En realidad, me encantaría echarles otro vistazo a sus miniaturas mogoles. El otro día no dispuse del tiempo necesario para admirarlas como se merecen.

—Así es, en efecto. Me alegro de que le gusten. Tienen unos detalles exquisitos.

Nuestra charla se centró en cuestiones técnicas. Debo reconocer que pasé un rato encantador contemplando varias de las maravillas que poseía.

Sirvieron el té, e insistió en que le acompañara.

Aunque no es una de mis bebidas favoritas, el humeante té chino me pareció delicioso y, las tazas en que lo sirvieron, preciosas. Había tostadas con pasta de anchoas y un exquisito *plum cake* que me hizo evocar el té en la casa de mi abuela, cuando era un niño.

—Casero —señalé con aprobación.

—¡Naturalmente! En esta casa no se compran los pasteles.

—Tiene una cocinera excepcional. ¿No resulta difícil mantener una servidumbre en el campo, tan alejado de todo?

Venables se encogió de hombros.

—Procuro siempre rodearme de lo mejor. En esto soy intransigente. Claro está, ¡eso hay que pagarlo! Y yo lo pago.

Toda la arrogancia natural del hombre quedaba reflejada en aquella frase. Le respondí secamente:

—Si eres lo bastante rico para hacerlo, eso ciertamente soluciona muchos problemas.

—Todo depende de lo que uno desee obtener de la vida. Lo que importa es la fuerza de nuestros deseos. Hay mucha gente que amasa una fortuna sin la menor noción de cómo va a usarla. En consecuencia, se ven liados en lo que podría llamarse la máquina de hacer dinero. Son esclavos. Llegan a sus oficinas temprano y salen tarde. Nunca se detienen para disfrutar. Y, en definitiva, ¿qué consiguen? Grandes coches, enormes casas, carísimas amantes o esposas y, permítame decirlo, tremendos dolores de cabeza.

Venables se inclinó ligeramente hacia mí.

—Ganar dinero por ganarlo es el único objetivo de muchísimos hombres ricos. Invertirlo en empresas más grandes, para conseguir más dinero. ¿Y para qué? ¿Alguna vez se preguntan para qué? Tampoco sabrían responder.

—¿Y usted?

—Yo... —Venables sonrió—. Yo sabía lo que quería. Todo el tiempo del mundo para contemplar todas las bellezas naturales y artificiales que hay. Como en los últimos años me ha sido negado el placer de verlas en directo, me las he traído a mi casa.

—Pero primero hay que conseguir el dinero.

—Sí, hay que preparar muy bien nuestras empresas y es algo que requiere planificación. Pero, en realidad, actualmente no es necesario seguir ningún sórdido aprendizaje.

—No sé si alcanzo a comprenderle.

—Estamos en un mundo que cambia constantemente, Easterbrook. Siempre ha sido así, pero ahora los cambios llegan más rápidamente. El ritmo se ha acelerado y hay que aprovecharse de ello.

—Un mundo que cambia —repetí pensativo.

—Se abren nuevas perspectivas.

—Me temo que está usted hablando con un hombre que mira en la dirección opuesta —repliqué en tono de disculpa—, hacia el pasado, no hacia el futuro.

Venables se encogió de hombros.

—¿El futuro? ¿Quién es capaz de preverlo? Hablo de hoy, de ahora, ¡del momento inmediato! Lo demás no me interesa. Las nuevas técnicas están aquí para utilizarlas. Disponemos de máquinas que resuelven problemas en cuestión de segundos, problemas que exigirían horas y días a un ser humano.

—¿Ordenadores y cerebros electrónicos?

—Cosas de ese tipo.

—¿Ocuparán las máquinas el lugar del hombre?

—El lugar de los hombres, sí. Es decir, de aquellos que solo son mano de obra. Del Hombre, nunca. Tiene que haber un hombre que controle, el pensador, el que formula las preguntas a las máquinas.

Meneé la cabeza con un gesto de duda.

—¿Un superhombre? —Percibí en mi voz una débil inflexión de burla.

—¿Por qué no, Easterbrook? ¿Por qué no? Recuerde que ahora conocemos, o estamos comenzando a conocer, bastante sobre el hombre, el animal humano. La práctica de lo que a veces se llama incorrectamente lavado de cerebro abre posibilidades enormemente interesantes en esa dirección. No solo el cuerpo, sino también la mente del hombre, responde a ciertos estímulos.

—Una doctrina peligrosa.

—¿Peligrosa?

—Peligrosa para los eruditos.

Venables se encogió de hombros.

—La vida es peligrosa. Lo olvidamos porque nos han criado en una de las pequeñas bolsas de civilización. Porque eso es la civilización, en realidad. Un grupo de hombres aquí y allí, que se han reunido para protegerse mutuamente y que, por consiguiente, son capaces de controlar y superar a la naturaleza. Han derrotado a la selva, pero esa victoria es temporal. En cualquier momento, la selva recobrará el mando. Muchas orgullosas ciudades de la Antigüedad son ahora montones de escombros cubiertos de vegetación, un puñado de chozas de los supervivientes y poco más. La vida siempre es peligrosa, no lo olvide. Al final no solo las grandes fuerzas naturales, sino la obra de nuestras manos, pueden destruirla. Estamos muy cerca de ese momento.

—Nadie se lo discutiría. Pero lo que a mí me interesa es su teoría del poder, del poder sobre la mente.

—Ah, eso. —Venables pareció avergonzado—. Probablemente he exagerado.

Me pareció interesante su embarazo y que se retractara parcialmente de sus opiniones. Venables era un hombre que pasaba muchas horas solo. Un hombre solo necesita hablar con alguien, con cualquiera. Venables había hablado conmigo y, quizá, no muy prudentemente.

—El superhombre —dijo—. Usted casi me ha convencido con su versión moderna de la idea.

—No tiene nada de nuevo. La fórmula del superhombre viene de muy atrás. Ha sido la base de muchas teorías filosóficas.

—Me consta. Pero a mí me parece que su superhombre presenta una diferencia. Se trata de un ser que puede hacer uso del poder sin que nadie lo sepa, de un hombre que sentado en una silla maneja los hilos.

Lo miré mientras hablaba. Venables sonrió.

—¿Me asigna usted ese papel, Easterbrook? Me gustaría que fuese verdad. Uno necesita algo para compensarse ¡de esto!

Su mano cayó con fuerza sobre la manta que le cubría las piernas. Advertí claramente el deje de amargura que había en la voz.

—Yo no voy a ofrecerle mi compasión. Es muy poco para un hombre en su posición. Pero permítame decirle que si nos estamos imaginando al personaje, un individuo capaz de convertir un inesperado desastre en triunfo, usted sería, en mi opinión, ese tipo de hombre.

Venables se echó a reír.

—Me halaga usted.

Vi que realmente se sentía complacido.

—He conocido a demasiada gente en mi vida como para no reconocer lo excepcional, al hombre con extraordinarias dotes, cuando lo encuentro.

Temía haber ido demasiado lejos, pero ¿se puede uno exceder en la adulación? ¡Un pensamiento deprimente!

—Me pregunto por qué lo dice —comentó pensativo—. ¿Por todo esto? —Con un vago ademán señaló a su alrededor.

—Esto es la prueba de que es usted un hombre rico, que sabe comprar bien y tiene gusto. Pero me parece notar que existe algo más que la mera posesión. Se las ha arreglado para adquirir cosas bellas e interesantes, y prácticamente ha revelado que no fueron conseguidas a través del duro trabajo.

—Tiene usted razón, Easterbrook, toda la razón. Como ya he dicho, solo el necio trabaja. Uno tiene que planear sus empresas con todo detalle. El secreto del éxito es siempre muy simple, pero hay que pensarlo. Algo muy simple. Se medita, se pone en marcha y ahí tiene usted el resultado.

Lo miré fijamente. Algo simple. ¿Tan simple como la eliminación de personas? Llenaba una necesidad. Una acción realizada sin peligro para nadie más que la víctima. Planeada por Venables sentado en su silla de ruedas, con su enorme nariz, como el pico de un ave de presa, y la prominente nuez que subía y bajaba continuamente. ¿Ejecutada por quién? ¿Por Thyrza Grey?

—Esta charla sobre el control remoto me recuerda algo que oí decir a Miss Grey.

—¡Ah! ¡Nuestra querida Thyrza! —Venables adoptó un tono suave, indulgente. ¿No acababa de notar un leve parpadeo también?—. ¡Cuántas tonterías dicen esas dos mujeres! Y se las creen. ¿Ha ido ya? Estoy seguro de que insistirán en que presencie una de sus ridículas *séances*.

Vacilé unos instantes antes de decidir rápidamente cuál debía ser mi actitud.

—Sí, estuve en una *séance*.

—¿Y no le pareció todo un solemne disparate? ¿O se dejó impresionar?

Evité su mirada e intenté ofrecer el aspecto de un hombre que se sentía incómodo.

—Yo, bueno..., desde luego, no creo en esas cosas. Parecían sinceras, pero... —Consulté mi reloj—. Se me ha hecho muy tarde. Debo regresar enseguida. Mi prima se preguntará qué estoy haciendo.

—Dígale que se ha dedicado a distraer a un inválido en una tarde que se presentaba aburrida. Recuerdos para Rhoda. Hemos de ponernos de acuerdo para comer juntos otra vez. Mañana me voy a Londres. En Sotheby's hay una interesante subasta del medievo francés. ¡Exquisitos! Disfrutará usted viéndolos si logro comprarlos.

Nos separamos amistosamente. Sus ojos, ¿no habían parpadeado divertida y maliciosamente al oír mis torpes manifestaciones en relación con la *séance*? Me lo pareció, pero no estaba seguro. Consideré que ahora sí estaba imaginando cosas.

Capítulo 19

Relato de Mark Easterbrook

Salí de la casa de Venables cuando ya se había puesto el sol. Estaba muy oscuro, y los nubarrones que tapaban el cielo hacían que me moviera con mucha precaución por el serpenteante camino hacia la verja. Me volví un momento para mirar las iluminadas ventanas de la casa y, al hacerlo, me salí de la gravilla para meterme en el césped y tropecé con otra persona que avanzaba en dirección contraria.

Era un hombre menudo, aunque fornido. Intercambiamos unas palabras de excusa. Su voz era profunda y tenía un tono un tanto pedante.

—Créame que lo siento.

—No tiene importancia. Fue culpa mía, de veras.

—Nunca había estado por aquí —le expliqué—, así que no sé por dónde camino. Debería haberme traído una linterna.

—Permítame.

Mi interlocutor se sacó una linterna del bolsillo y, después de encenderla, me la entregó. Vi que se trataba de un hombre de mediana edad, de rostro redondo y regordete, bigote negro y gafas. Se cubría con una gabardina oscura de buena calidad, y solo podía ser descrito como el colmo de la respetabilidad. De todos modos, me pregunté por qué no habría hecho uso de la linterna.

—¡Ah! Ya veo lo que me ha ocurrido. Me salí del camino.

En cuanto pisé el sendero, alargué la mano para devolverle la linterna.

—Ahora ya sé por dónde debo ir.

—No, no, por favor, llévela hasta que lleguemos a la entrada.

—Pero ¿y usted? ¿No se dirigía hacia la casa?

—No, no. Voy en su misma dirección. Cerca de la salida está la parada del autobús. Cogeré el autobús de regreso a Bournemouth.

—Muy bien —le contesté, y caminamos juntos. Mi acompañante parecía un poco incómodo. Me preguntó si yo también iba a la parada del autobús. Le dije que vivía en la vecindad.

Se produjo otra pausa y noté que la incomodidad de mi acompañante crecía por momentos. Pertenecía sin duda a ese tipo de hombres que no toleran el verse sorprendidos en una falsa posición.

—¿Ha estado usted visitando a Mr. Venables? —preguntó.

Le respondí que sí y añadí:

—Me pareció que usted iba hacia su casa.

—No, no. En realidad... —hizo una pausa— vivo en Bournemouth. Bueno, en sus inmediaciones. Tengo una casa.

Algo se removió en un rincón de mi mente. ¿Qué era lo que había oído decir recientemente sobre una casa en

Bournemouth? Mientras intentaba acordarme, mi acompañante, más incómodo que nunca, se sintió en la obligación de explicarse con toda amplitud.

—Debe de parecerle muy extraño, y admito que encontrarse con alguien vagando por los terrenos de una finca, cuando la persona en cuestión no conoce al dueño de la casa, seguramente lo sea. Mis razones no son fáciles de explicar, pero le aseguro que las tengo. Aunque llevo tiempo en Bournemouth, soy conocido y no me costaría mucho presentarle a unos cuantos residentes de prestigio dispuestos a responder por mí. Soy un farmacéutico que no hace mucho vendió su vieja farmacia en Londres y se ha retirado a esta parte del mundo, que siempre le ha gustado muchísimo.

Se hizo la luz en mi cerebro. Ya sabía quién era aquel hombre. Mientras tanto él continuaba con sus explicaciones.

—Me llamo Osborne, Zachariah Osborne. Como ya le he dicho, tengo... tenía un bonito negocio en Londres, en la Barton Street, Paddington Green. Era un buen vecindario en la época de mi padre, pero ahora, desgraciadamente, ha cambiado. Sí, ha cambiado muchísimo. Ha ido a menos. —Suspiró y meneó la cabeza—. Esa es la casa de Mr. Venables, ¿verdad? Supongo..., ejem..., supongo que le conoce bien.

—No diría tanto —respondí deliberadamente—. Lo conocí el otro día cuando vine a almorzar con unos amigos comunes.

—Sí, sí. Me hago cargo.

Habíamos llegado a la verja. Salimos, y Osborne se detuvo indeciso. Le devolví su linterna.

—Gracias.

—De nada. Yo... —Hizo una nueva pausa antes de hablar atropelladamente—. No me gustaría que pensara... Quiero decir, que técnicamente soy un intruso. Pero le aseguro que no he procedido así por simple curiosidad. Supongo que le parece algo muy peculiar y se presta a malas interpretaciones. Me gustaría explicarle..., ejem..., aclarar mi posición.

Esperé. Esto era lo que me parecía más indicado. Mi curiosidad, vulgar o no, se había despertado. Deseaba satisfacerla.

Osborne guardó silencio durante un minuto. Después se decidió.

—Sí, me gustaría mucho explicárselo todo a usted, señor...

—Easterbrook, Mark Easterbrook.

—Mr. Easterbrook, quiero que me dé una oportunidad para justificar mi extraño comportamiento. ¿Dispone usted de tiempo? De aquí a la carretera principal no hay más de cinco minutos andando. En la estación de servicio, junto a la parada del autobús, hay una cafetería. Todavía faltan veinte minutos para que llegue el autobús. ¿Me permite invitarle a un café?

Acepté. Durante nuestro paseo, Osborne, mucho más apaciguado, charló animadamente sobre los méritos de Bournemouth: la bondad del clima, los conciertos y las personas agradables que vivían allí.

Llegamos a la carretera principal. La estación de servicio estaba en una esquina y la parada del autobús un poco más allá. En la pequeña cafetería solo había una pareja. Osborne pidió café y galletas para los dos.

Luego se inclinó sobre la mesa y se desahogó.

—Todo esto empezó con un suceso que se publicó en

la prensa hace algún tiempo. No fue un caso sensacional, así que no apareció en los titulares de primera plana, si esta es la expresión correcta. Estaba relacionado con un sacerdote católico del barrio de Londres donde tenía mi farmacia. Lo asesinaron una noche. Muy desagradable. Estos sucesos son demasiado frecuentes en nuestros días. Creo que era una excelente persona, aunque no comparto la doctrina católica. Sea como sea, quiero explicarle mi particular interés. La policía buscaba a las personas que hubieran visto al padre Gorman la noche de su muerte. Casualmente, me encontraba a la puerta de mi establecimiento a las ocho y vi pasar al padre Gorman. Le seguía a corta distancia un hombre de aspecto inusual que atrajo mi atención. En aquel momento, desde luego, no le di mayor importancia, pero soy muy observador y tengo el hábito de fijar en mi memoria los rostros de las personas que veo. Es un pasatiempo. Algunos de mis clientes se sorprendían cuando les decía: «¡Ah, sí! Recuerdo que vino en marzo para que le preparáramos la misma receta». A la gente le gusta que se la recuerde. Es muy útil para el negocio. Le describí a la policía el hombre que había visto. Me dieron las gracias y eso fue todo.

»Ahora viene la parte más sorprendente de la historia. Hará unos diez días, asistí a una feria parroquial en el pequeño pueblo que se encuentra al final del camino que acabamos de subir, y cuál no sería mi asombro al ver allí al hombre que había descrito. Creí que había tenido un accidente, ya que iba en una silla de ruedas. Pregunté por aquel individuo a varias personas, y me informaron de que era un rico residente llamado Venables. Después de un par de días de vacilaciones, escribí al policía que tomó mi primera declaración. Vino a Bournemouth. El inspector Lejeune se mostró escéptico respecto a mis afirmaciones. Me comunicó que Mr. Venables estaba paralítico desde hacía varios años a consecuencia de un ataque de polio. Manifestó que me había engañado el casual parecido.

Osborne se detuvo bruscamente. Removí el azúcar en el café aguado y lo probé cautelosamente. Osborne añadió tres terrones de azúcar a su taza.

—Parece estar claro —apunté.

—Sí, sí.

El tono reflejó su insatisfacción. Se inclinó de nuevo, la redonda calva brillaba con la luz de las lámparas. Sus ojos mostraban una pasión fanática.

—He de explicarle algo más. Siendo yo un chiquillo, Mr. Easterbrook, un amigo de mi padre, otro farmacéutico, fue llamado a declarar en el caso de Jean Paul Marigot. Quizá lo recuerde. Envenenó a su mujer inglesa con un preparado de arsénico. El amigo de mi padre lo identificó como el hombre que había firmado con un nombre falso en el registro de venenos. A Marigot lo declararon culpable y lo ahorcaron. Me causó una gran impresión, yo tenía nueve años, una edad en la que todo te afecta. Desde aquel día concebí la ilusión de figurar en una *cause célèbre* y ser quien demostrara la culpabilidad del criminal. Quizá fue entonces cuando comencé a estudiar la fisonomía humana, intentando retener en la memoria cuantos rostros veía. He de confesarle, Mr. Easterbrook, aunque pueda parecerle ridículo, que durante muchos años he contemplado la posibilidad de que un hombre decidido a matar a su esposa entrara en mi farmacia para adquirir el veneno.

—Quería una segunda Madeleine Smith.

—Exactamente. Pero ¡ay! —exclamó Osborne—, eso no ha sucedido. O, si ocurrió, la persona en cuestión no acabó ante la justicia. Y yo diría que estos casos son mucho más frecuentes de lo que creemos. Así que esta identificación, aunque no fue lo que yo esperaba, me facilitó la oportunidad de ser testigo en un proceso por asesinato.

Su rostro denotó un infantil placer.

—Muy decepcionante para usted —observé comprensivo.

—Sí.

De nuevo percibí en su voz la extraña nota de insatisfacción.

—Soy un hombre obstinado, Mr. Easterbrook. A medida que pasan los días, me siento más y más seguro. Estoy convencido de que tengo razón, de que el hombre que vi era Venables. ¡Oh! Ya sé. —Osborne levantó una mano al advertir que me disponía a hablar—. La niebla. Y yo estaba al otro lado de la calle. Pero lo que la policía no tiene en cuenta es que yo soy un fisonomista experto. No se trata solo de los rasgos, la pronunciada nariz, la nuez sobresaliente, sino del porte, de la cabeza, del ángulo del cuello en los hombros. «Vamos, vamos. Admite tu error», me digo a mí mismo, pero continúo pensando que no estoy equivocado. La policía dijo que era imposible. ¿Lo es en realidad? Eso es lo que me pregunto.

—Seguramente, con una incapacidad de esa clase...

Me interrumpió, levantando un dedo.

—Sí, sí, pero mi experiencia en el Servicio de Salud... Bueno, se quedaría usted sorprendido si viera las cosas que la gente es capaz de hacer y lo que consiguen. No voy a decir que todos en la profesión médica sean unos crédulos. No se les escapan las supercherías. Pero existen medios... medios que un farmacéutico conoce mejor que un médico. Ciertas drogas y algunos preparados aparentemente inofensivos pueden provocar fiebre, erupciones cutáneas, sequedad en la garganta, aumento de secreciones...

—Pero difícilmente unas extremidades atrofiadas.

—Claro, claro. Pero ¿quién dice que las piernas de Mr. Venables están atrofiadas?

—Supongo que su médico.

—Es natural. Ahora bien, he intentado recabar alguna información sobre ese punto. El médico de Mr. Venables vive en Londres, es un profesional de Harley Street. A su llegada aquí le vio el médico del pueblo. Este se ha retirado y vive fuera del país. El médico actual no ha asistido nunca a Mr. Venables. Nuestro amigo va una vez al mes a Harley Street.

Le miré con franca curiosidad.

—Eso sigue sin parecerme motivo de sospecha.

—Usted no sabe las cosas que yo sé. Bastará un humilde ejemplo. Mrs. H cobraba un seguro un año. Lo cobraba en tres sitios distintos. Solo que en uno era Mrs. C y en otro Mrs. T.; Mrs. T y Mrs. C le dejaban sus tarjetas por compasión y cobraba por triplicado.

—No veo qué...

—Supongamos, solo supongamos, que nuestro Mr. V conoce a un auténtico poliomielítico carente de recursos económicos. Le hace una proposición. Digamos que el hombre tiene un cierto parecido. El paciente auténtico visita a un especialista con el nombre de Mr. V, con lo que el historial clínico resulta cierto. Después, Mr. V se instala en el campo. El médico del pueblo está a punto de jubilarse. Una vez más, el auténtico enfermo visita al médico. ¡Ahí lo tiene usted! Mr. Venables queda perfectamente documentado como víctima de la polio con las piernas atrofiadas. Cuando se deja ver en la localidad, se vale de una silla de ruedas, etcétera.

—Seguramente sus criados estarían enterados. El ayuda de cámara...

—Supongamos que forman una banda, y el ayuda de cámara es uno de ellos. Nada más sencillo. Los otros criados podrían encontrarse en las mismas condiciones.

—Pero ¿por qué?

—¡Ah! Esa es otra cuestión, ¿no? No le contaré mi teoría. Se echaría a reír. Pero reconocerá que es una coartada magnífica para un hombre que la necesita. Ese hombre podría estar aquí, allá y en tres sitios, y nadie lo sabría. ¿Que le habían visto andando en Paddington? ¡Imposible! Es un desesperanzado impedido, que vive en el campo, etcétera. —Osborne hizo una pausa para echar un vistazo a su reloj—. Mi autobús está a punto de llegar. Debo apresurarme. He pensado en todo esto. Me pregunté si podría hacer algo para probarlo. Decidí venir aquí, dispongo de tiempo de sobra, casi echo de menos el ajetreo del negocio. Decidí entrar en la finca y espiar un poco. Algo poco correcto, lo reconozco. Pero se trata de averiguar la verdad, de capturar a un criminal. Si yo sorprendiera a Mr. Venables dando un paseo por el jardín, ya lo tendría. Y entonces pensé que si no echaban las cortinas muy temprano, cosa que la gente no suele hacer cuando pocos días atrás se cambió la hora, quizá sorprendería a Mr. Venables yendo de un lado a otro de su biblioteca, sin soñar ni por un momento que alguien le estuviera espiando. ¿Y por qué había de pensarlo? Nadie sospecha de él por ahora.

—¿Por qué está usted tan seguro de que el hombre que vio aquella noche era Venables?

—¡Sé que lo era!

Osborne se puso en pie.

—Ya llega mi autobús. Me alegro de haberle conocido, Mr. Easterbrook, y no sabe el peso que me he quitado de encima al tener ocasión de justificar lo que estaba haciendo en Priors Court. Yo diría que le ha parecido una sarta de tonterías.

—No, no, nada de eso. Pero aún no me ha dicho en qué cree que está metido Mr. Venables.

Osborne dio la impresión de estar avergonzado.

—Se reirán de mí. Todo el mundo sabe que es rico, pero nadie sabe cómo ganó tanto dinero. Le diré lo que pienso. Creo que es uno de esos grandes criminales de los que hablan los periódicos. Ya sabe, uno de esos tipos que planean los golpes y tienen una banda que los ejecuta. Puede parecerle una tontería, pero yo...

El autobús se detuvo. Osborne echó a correr.

Emprendí el camino de regreso muy pensativo. La teoría esbozada por Osborne era fantasiosa, pero había que admitir que quizá encerraba alguna cosa cierta.

Capítulo 20

Relato de Mark Easterbrook

Por la mañana llamé a Ginger y le dije que al día siguiente me trasladaría a Bournemouth.

—He dado con un hotel tranquilo y pequeño llamado Deer Park. Tiene un par de salidas laterales muy discretas. Podría hacer una escapada a Londres.

—Supongo que no deberías hacerlo, aunque reconozco que me encantaría. ¡Qué aburrimiento! ¡No tienes ni idea! Si no puedes venir, yo podría encontrarme contigo en cualquier parte.

De pronto algo me sobresaltó.

—¡Ginger! Tu voz. Es diferente.

—¡Ah, eso! No es nada, no te preocupes.

—Pero tu voz...

—Me duele un poco la garganta, eso es todo.

—¡Ginger!

—¡Mark, cualquiera puede tener irritada la garganta! He cogido un resfriado, o quizá una gripe leve.

—¿Gripe? Mira, no me vengas con monsergas. ¿Estás bien o no?

—No te alborotes, me encuentro perfectamente.

—Dime exactamente cómo te sientes. ¿Notas lo mismo que cuando nos sentimos griposos?

—Quizá. Me duele todo el cuerpo. Ya sabes cómo es eso.

—¿Tienes fiebre?

—Tal vez algunas décimas.

Me senté asaltado por un terrible presentimiento. Estaba asustado. Y a ella, sin duda, le ocurría lo mismo por mucho que se empeñara en negarlo.

—Mark, no tengas miedo. Estás asustado. En realidad, no hay nada que temer.

—Quizá no. Pero hay que tomar todas las precauciones posibles. Llama a tu médico y dile que vaya a verte. Enseguida.

—Bien, bien. Sin embargo, pensará que me he alarmado innecesariamente.

—¿Y qué importa? ¡Hazlo! Luego, cuando se haya ido, llámame.

Después de colgar, me quedé mirando el teléfono. El pánico, no debía dejarme llevar por el pánico. La gripe era habitual en esta época del año. Las palabras del médico me tranquilizarían. Quizá se tratara tan solo de un leve resfriado.

Evoqué involuntariamente la figura de Sybil ataviada con su vestido multicolor, cubierto de signos maléficos. Oí la voz de Thyrza, rogando, ordenando. En el suelo lleno de misteriosos dibujos, Bella canturreaba sus malévolos encantamientos y sostenía un gallo blanco que se agitaba desesperadamente.

Tonterías, nada más que tonterías. Desde luego, solo se trataba de disparatadas supersticiones.

La caja. No era tan fácil descartar la caja. No era un

símbolo de superstición, sino el desarrollo de una posibilidad científica. Pero no, no era posible que...

Mrs. Calthrop me encontró con la mirada fija en el teléfono.

—¿Qué ha sucedido?

—Ginger no se encuentra bien.

Esperaba oírle decir que aquello era pura tontería. Ansiaba unas palabras tranquilizadoras, pero no fue así.

—Mala cosa. Sí, así lo creo.

—No es posible. ¡No es posible que esa gente sea capaz de hacer lo que dicen!

—¿No?

—Usted no creerá... Usted no puede creer...

—Mi estimado Mark, tanto usted como Ginger han admitido la posibilidad de que ocurra una cosa tan rara como esta, o no harían lo que ahora están haciendo.

—Que admitamos esa posibilidad lo empeora todo, ¡lo hace aún más probable!

—No ha llegado a creérselo. Solo admite que con una prueba llegaría a creerlo.

—¿Una prueba? ¿Qué prueba?

—Ginger está indispuesta. Es una prueba, ¿no?

En aquel momento la odié.

—¿Por qué es tan pesimista? —protesté enfadado—. No es más que un simple resfriado o algo parecido. ¿Por qué insiste en pensar lo peor?

—Porque si es lo peor, hemos de hacerle frente. De nada sirve esconder la cabeza bajo el ala.

—¿Cree usted que esa ridícula comedia surte efecto? ¿Toda esa historia de los trances, los maleficios, los sacrificios de gallos y demás zarandajas?

—Algo funciona. Eso es lo que debemos afrontar. En

mi opinión, la mayor parte es pura farsa, solo para crear un ambiente. El ambiente es importante. Pero, disimulado entre esa farsa, tiene que haber algo real, algo que funciona.

—¿Algo como la radiactividad a distancia?

—Algo así. Continuamente se descubren cosas nuevas, cosas aterradoras. Alguna variante de los nuevos descubrimientos podría ser aprovechada por personas sin escrúpulos para sus propios fines. El padre de Thyrza era físico.

—¿Qué puede ser la maldita caja? Si consiguiéramos examinarla... Si la policía...

—La policía necesita algo más que lo que nosotros tenemos para autorizar un registro.

—¿Y si voy a la casa y destrozo ese condenado artefacto?

Mrs. Calthrop meneó la cabeza.

—A juzgar por lo que usted me dijo, el daño, si es que se produjo alguno, fue causado aquella noche.

Me llevé las manos a la cabeza con un gemido.

—Me arrepiento de haber comenzado este maldito asunto.

—Sus motivos eran excelentes —manifestó Mrs. Calthrop con firmeza—. Y lo hecho hecho está. Sabrá más cuando Ginger llame después de la visita del doctor. Supongo que llamará a casa de Rhoda.

No se me escapó la sugerencia.

—Será mejor que regrese allí.

—Soy una estúpida —afirmó Mrs. Calthrop en el momento de irme—. Me doy perfecta cuenta. ¡Pura farsa! Estamos obsesionados con la farsa. Creo que hemos caído en la trampa de pensar como ellos querían.

Quizá tuviese razón. Sin embargo, no se me ocurría otra cosa.

Ginger me llamó dos horas más tarde.

—Ha venido el médico. Parecía un poco desconcertado, pero dice que quizá sea la gripe. Hay mucha por ahí. Me ha ordenado guardar cama y que tome una medicina. Tengo mucha fiebre, pero esto es natural en la gripe, ¿no?

Debajo de la aparente valentía había una súplica en su voz ronca.

—Te pondrás bien enseguida. ¿Me oyes? Te pondrás bien. ¿Te encuentras muy mal?

—Tengo fiebre y me duele todo. La piel, los pies. No soporto que nada me roce. ¡Tengo tanto calor...!

—Eso es la fiebre, querida. Escucha, voy a verte. Salgo de aquí ahora mismo. No, no protestes.

—Conforme. Me alegro de que vengas, Mark. Yo diría que no soy tan valiente como pensaba.

Telefoneé a Lejeune.

—Miss Corrigan está enferma.

—¿Cómo?

—Ya me ha oído, está enferma. Ha llamado a su médico. Dijo que puede ser gripe. Quizá lo sea o quizá no. No sé qué podrá hacer usted. La única idea que se me ocurre es buscar a un especialista.

—¿Qué clase de especialista?

—Un psiquiatra, un psicoanalista, un psicólogo. Cualquiera que empiece por *psico*. Un hombre que conozca la sugestión, el hipnotismo, los lavados de cerebro. ¿No hay gente que se ocupa de eso?

—La hay, por supuesto. Sí, un par de hombres en el ministerio están especializados en esas cosas. Creo que tiene razón. Puede ser gripe, pero algo de carácter psíquico que desconocemos. Dios mío, Easterbrook, tal vez esto sea lo que estábamos esperando.

Colgué furioso. Quizá aprendiéramos algo nuevo sobre las armas psicológicas, pero a mí solo me importaba Ginger, enferma y asustada. ¿No nos lo habíamos creído, o sí que lo habíamos creído? No, por supuesto que no. Había sido un juego, un juego de policías y ladrones. Pero no era un juego.

Pale Horse demostraba ser una realidad.

Capítulo 21

Relato de Mark Easterbrook

Dudo que llegue a olvidar nunca los días posteriores. Ahora los recuerdo como un fantástico calidoscopio sin orden ni concierto. Trasladaron a Ginger desde el apartamento a una clínica privada. Me permitían verla solo a las horas de visita.

Su médico de cabecera no quería bajar del burro. Insistía en su diagnóstico inicial. El hombre no comprendía el porqué de aquel alboroto. Había dicho claramente lo que tenía: una gripe que había degenerado en bronconeumonía, complicada con ligeros síntomas poco habituales. Pero eso, había dicho, «sucede muchas veces». Ningún caso es «típico». Y algunas personas no respondían a los antibióticos.

Y, desde luego, no se equivocaba. Ginger tenía bronconeumonía. No había nada misterioso en su enfermedad, solo que la tenía, y era muy grave.

Me entrevisté con uno de los psicólogos del Ministerio del Interior. Parecía un gorrión que se empinaba constantemente sobre las puntas de los pies y no dejaba de parpadear detrás de los gruesos cristales de las gafas.

Me hizo una infinidad de preguntas, la mitad de las cuales a mi juicio no tenían el menor sentido, pero debían de tenerlo porque asentía muy convencido al escuchar mis respuestas. Evitó cuidadosamente comprometerse en todo momento. De vez en cuando decía algo en la jerga de su profesión. Me parece que intentó varias formas de hipnotismo con Ginger, pero, por lo que parecía un acuerdo tácito, nadie me explicó gran cosa. Probablemente porque no tenían nada que decir.

Evité a mis amigos y conocidos. La soledad de mi existencia se me hacía insoportable.

Finalmente, en un momento de auténtica desesperación, telefoneé a Poppy a la floristería. La invité a cenar. Aceptó encantada.

La llevé al Fantasie. Poppy charlaba feliz, y su compañía fue muy reconfortante. Pero no la había llamado solo para esto. Después de llevarla a un estado de somnolencia por efecto de la comida y la bebida, verdaderamente deliciosas, la sondeé cautelosamente. Era posible que Poppy supiera algo sin ser consciente. Le pregunté si recordaba a mi amiga Ginger. Poppy respondió «Desde luego», abriendo sus hermosos ojos azules, y me preguntó qué hacía.

—Está muy enferma.

—Pobrecilla. —Poppy intentó parecer todo lo afectada que podía sentirse, que no era mucho.

—Se mezcló en un asunto raro. Creo que te pidió consejo. Lo de Pale Horse. Le costó una burrada.

—¡Oh! —exclamó Poppy con los ojos casi desorbitados—. ¡Entonces, fuiste tú!

Por un momento me perdí. Luego me di cuenta de que Poppy me identificaba con el hombre cuya inválida esposa era el obstáculo que se oponía a la felicidad de Ginger. Tanta agitación le produjo el descubrimiento de nuestra vida amorosa que ni siquiera se alarmó al oír hablar de Pale Horse.

—¿Dio resultado?

—No acabó de funcionar. Nos salió el tiro por la culata.

—¿Qué culata?

Comprendí que con Poppy lo mejor eran los monosílabos.

—Parece ser que ha actuado también sobre Ginger. ¿Has oído hablar de un caso semejante?

Poppy nunca lo había oído.

—Desde luego —continué—, todas estas cosas las hacen en Pale Horse, en Much Deeping. Lo sabes, ¿no?

—No sabía dónde estaba. En algún lugar en el campo.

—Ginger no me ha dicho gran cosa sobre cómo lo hacen.

Aguardé atentamente.

—Rayos, ¿verdad? —dijo Poppy vagamente—. ¡Algo así! Del espacio exterior —añadió voluntariosa—. ¡Como los rusos!

Decidí que Poppy apelaba a su limitada imaginación.

—Más o menos. Pero debe de ser muy peligroso. Quiero decir para que Ginger enfermara de ese modo.

—¿No era tu esposa la que tenía que enfermar y morir?

—Sí —respondí aceptando el papel que Ginger y Poppy me habían asignado—. Pero, por lo visto, no funcionó. Ha producido el efecto inverso.

—Como cuando enchufas mal la plancha eléctrica y recibes una descarga, ¿verdad? —preguntó Poppy, que hizo un terrible esfuerzo mental.

—Exactamente. ¿Has oído hablar de algo parecido?

—No de ese modo.

—Entonces, ¿de qué modo?

—Me refería a alguien que después no paga. Conocí a uno que no quiso pagar. —Poppy bajó la voz, atemorizada—. Lo mataron en el metro. Se cayó del andén cuando pasaba el tren.

—Pudo ser un accidente.

—Oh, no —insistió Poppy, sorprendida por aquella idea—. Fueron ellos.

Serví más champán en la copa de Poppy. Allí, delante de mí, tenía a una persona cuya colaboración podía resultar valiosa si conseguía sacarle los hechos que flotaban en lo que ella llamaba su cerebro. Escuchaba cosas y asimilaba la mitad. Los que conversaban en su presencia nunca eran muy cautos porque «solo se trataba de Poppy».

Lo peor era que yo no sabía qué preguntarle. Una torpeza por mi parte y ella se callaría como una tumba.

—Mi esposa continúa tan inválida como antes, pero no parece estar peor.

—Una pena —opinó Poppy comprensivamente, y bebió un trago de champán.

—¿Qué voy a hacer ahora?

Poppy no parecía saberlo.

—Verás, fue Ginger quien... ¿A quién podría recurrir?

—En Birmingham hay un sitio —respondió Poppy dudosa.

—Está cerrado. ¿No conoces a alguien que pueda saber algo?

—Eileen Brandon quizá sepa algo, pero no lo creo.

La mención de otra persona fue tan inesperada que

me sobresaltó. Le pregunté a Poppy quién era Eileen Brandon.

—Es un desastre. De lo más soso. Lleva el pelo aplastado y nunca usa zapatos de tacones altos. Es el colmo. —Y añadió a manera de explicación—: Éramos compañeras de colegio, pero ya era sosa. Era muy buena en geografía.

—¿Qué tiene que ver con Pale Horse?

—Nada, fue solo una idea que se le ocurrió. Así que lo dejó.

—¿Dejó qué?

—Su empleo en la CRC.

—¿Qué es la CRC?

—No lo sé muy bien. Siempre la llaman por las iniciales. Tiene que ver con las reacciones de los clientes o algo por el estilo. Es una empresa de poca monta.

—¿Y Eileen Brandon trabajó para ellos? ¿Qué hacía?

—Ir de aquí para allá, haciendo preguntas sobre la pasta dentífrica, las estufas y las esponjas que utilizas. Algo muy deprimente y aburrido. ¿A quién puede importarle eso?

—A la CRC, probablemente.

Sentí una ligera excitación.

La noche de su muerte, el padre Gorman había visitado a una mujer empleada en una empresa de aquella clase. Sí, desde luego, una persona que desarrollaba un trabajo similar había llamado a la puerta del piso de Ginger.

Aquí tenía que haber un eslabón.

—¿Por qué dejó el empleo? ¿Se aburrió?

—No creo, le pagaban muy bien. Pero se le metió en la cabeza la idea de que aquello no era lo que aparentaba ser.

—¿Pensó que podía estar relacionado de una manera u otra con Pale Horse? ¿Es así?

—No sé. Puede ser. De todos modos, ahora trabaja en un café de Tottenham Court Road.

—Dame su dirección.

—No es tu tipo.

—No pretendo ligármela —respondí bruscamente—. Quiero saber algo concreto sobre la CRC. Estoy pensando en comprar acciones de una empresa así.

—Entiendo —replicó Poppy, satisfecha con la explicación.

No conseguí nada más de mi acompañante, así que nos acabamos el champán, la llevé a su casa y le di las gracias por la agradable velada.

Llamé a Lejeune a la mañana siguiente, pero no estaba. Después de algunos esfuerzos conseguí hablar con Jim Corrigan.

—¿Qué me dices del tipo que me enviaste, Corrigan? ¿Qué te ha dicho de Ginger?

—Un montón de palabras larguísimas, pero creo que lo dejaste turulato. Además, es normal pillar una neumonía. No tiene nada de misterioso.

—Sí. Y hay varias personas que conocemos, y que por cierto figuran en una lista, que murieron de neumonía, gastroenteritis, parálisis, tumor cerebral, epilepsia, tifus y otras enfermedades perfectamente identificadas.

—Sé cómo te sientes. Pero ¿qué podemos hacer nosotros?

—Está peor, ¿no?

—Sí.

—Entonces hay que hacer algo.

—¿Por ejemplo?

—Tengo una o dos ideas. Ir a Much Deeping, atrapar a Thyrza Grey y obligarla a invertir el maleficio o lo que sea, aunque debamos recurrir a la violencia.

—Sería una solución.

—O podría ir en busca de Venables.

—¿Venables? —replicó Corrigan con viveza—. ¡Pero si lo hemos descartado! ¿Cómo va a tener relación con todo esto? Es un inválido.

—No sé. Podría arrancarle la manta y ver si tiene las piernas atrofiadas o no.

—Lo hemos investigado.

—Espera. En Much Deeping me encontré con aquel farmacéutico, Osborne. Me gustaría que te repitiera lo que me sugirió.

Le resumí la teoría de la sustitución.

—Ese tipo está obsesionado. Es de esos que siempre quieren tener razón.

—Escucha, Corrigan, ¿no podría ser tal como dice? Es posible, ¿verdad?

Tras unos segundos de silencio, Corrigan respondió lentamente:

—Sí, admito que es posible. Pero tendrían que estar implicadas varias personas y Venables tendría que pagarles espléndidamente para que no se fueran de la lengua.

—¿Y qué más le da? Está forrado, ¿no? ¿Lejeune ha averiguado cómo amasó su fortuna?

—Todavía no. Hay algo oscuro en ese tipo. Tiene que haber algo en su pasado. Su dinero está muy bien justificado en multitud de empresas. No es posible comprobarlo sin una investigación que llevaría años. La policía ya se ha visto con casos parecidos. Financieros que ocultan el rastro en un entramado de empresas. Creo que Hacienda lleva tiempo detrás de Venables. Pero es inteligente. ¿Crees que es el cerebro que dirige todo esto?

—Sí, creo que es el hombre que lo planea todo.

—Quizá. Parece el hombre adecuado. Pero seguro que no es lo bastante tonto para hacer algo tan burdo como asesinar al padre Gorman.

—Quizá lo hizo si se trataba de un caso urgente. Había que eliminarlo antes de que Gorman se diera cuenta de lo que le había contado la moribunda sobre las actividades de Pale Horse. Además...

Me callé de pronto.

—Hola. ¿Sigues ahí?

—Sí, estaba reflexionando. Se me ha ocurrido una idea.

—¿De qué se trata?

—No lo tengo claro. Ya lo pensaré mejor. De todos modos, ahora debo irme. Tengo una cita en un café.

—No sabía que frecuentabas los cafés de Chelsea.

—No los frecuento. Este café se encuentra en Tottenham Court Road.

Colgué y eché una mirada al reloj.

Iba hacia la puerta cuando sonó el teléfono.

Vacilé. Diez contra uno a que se trataba de Corrigan otra vez, tratando de averiguar algo más sobre mi ocurrencia, y no tenía el menor deseo de hablar con él ahora.

Continué avanzando hacia la puerta mientras sonaba el teléfono.

Claro que podían llamarme desde el hospital. Ginger...

No podía correr ese riesgo. Crucé la habitación con impaciencia y arranqué el auricular de la horquilla.

—¡Diga!

—¿Eres tú, Mark?

—Sí, ¿con quién hablo?

—Soy yo, desde luego —me reprochó la voz—. Escucha, quería contarte una cosa.

—Oh, eres tú. —Reconocí la voz de Ariadne—. Mira, tengo mucha prisa. Voy a salir. Te llamaré más tarde.

—Ni hablar —replicó ella con firmeza—. Me escucharás ahora. Es importante.

—Tendrás que apresurarte. Tengo una cita.

—¡Bah! No te mirarán mal si llegas tarde. Todo el mundo lo hace. Te hará parecer interesante.

—No, de verdad, tengo...

—Escucha, Mark, esto es importante. Estoy segura de que lo es. ¡Tiene que serlo!

Reprimí mi impaciencia lo mejor que pude y miré de soslayo el reloj.

—Tú dirás.

—Mi Milly tiene amigdalitis. Se encontraba muy mal y se ha ido al campo con su hermana.

Rechiné los dientes.

—Lo siento muchísimo, pero...

—Escucha, aún no he comenzado. ¿Dónde me había quedado? ¡Ah, sí! Milly tenía que irse al campo, así que llamé a la agencia de siempre. A la Regency. Qué nombre más tonto, ¿verdad? Parece el de un cine.

—De verdad, tengo que...

—Pregunté a quién podían enviarme y contestaron que sería difícil solucionarlo en el acto, lo que dicen siempre, pero que harían todo lo posible.

Nunca me había parecido mi amiga Ariadne Oliver tan enervante.

—Total, que esta mañana se presentó una mujer. ¿Quién dirías que era?

—No lo imagino. Mira...

—Una mujer llamada Edith Binns. Un nombre cómico, ¿verdad? Y tú la conoces.

—No, no la conozco. No he oído nunca hablar de alguien que se llame Edith Binns.

—Pues la conoces y la has visto no hace mucho. Ha estado con tu madrina, lady Hesketh-Dubois, durante años.

—¡Ah, con ella!

—Te vio el día que fuiste a recoger unos cuadros.

—Todo eso está muy bien, y creo que has tenido suerte al encontrarla. Creo que es digna de confianza y muy capaz. Tía Min siempre lo decía. Pero en realidad, ahora...

—¿Quieres esperar? Todavía no he llegado al asunto. Se sentó a charlar un rato conmigo. Hablamos de lady Hesketh-Dubois, de su última enfermedad y de todas esas cosas, porque le gusta hablar de las enfermedades y la muerte. Luego, por fin, lo dijo.

—¿Qué dijo?

—Lo que me llamó la atención. Dijo algo así: «¡Pobre señora, con todo lo que sufrió! Esa repugnante cosa que le crecía en el cerebro, un tumor, dijeron, y ella que había estado sanísima hasta entonces. Daba lástima verla en la clínica, y ver cómo el pelo tan blanco y bien cuidado se le caía a mechones sobre la almohada». Entonces, me acordé de Mary Delafontaine, aquella amiga mía. También a ella se le caía el pelo. Y recordé lo que me contaste de la chica que viste en un café de Chelsea, riñendo con otra, que le arrancó el pelo a puñados. El pelo no se cae con tanta facilidad, Mark. Tú prueba... prueba a ver si puedes arrancarte el pelo, solo un puñado, ¡y de raíz! Ya verás. Eso no es normal. Tiene que tratarse de una nueva enfermedad. Debe significar algo.

Apreté el auricular. Me daba vueltas la cabeza. Cosas, retazos de información comenzaron a unirse. Rhoda y sus perros en el jardín, un artículo que había leído en una revista médica en Nueva York. ¡Claro, claro!

Repentinamente me di cuenta de que Ariadne continuaba hablando.

—¡Dios te bendiga! —exclamé entusiasmado—. ¡Eres maravillosa!

Colgué violentamente. Después marqué otro número. Esta vez fui afortunado y me pasaron de inmediato con Lejeune.

—Oiga, inspector, ¿sabe si a Ginger se le cae el pelo de raíz y a puñados?

—Creo que sí. Efecto de la fiebre, supongo.

—¡Fiebre! ¡Y un cuerno! Lo que Ginger padece es lo mismo que han sufrido todos los demás: envenenamiento por talio. Quiera Dios que lleguemos a tiempo.

Capítulo 22

Relato de Mark Easterbrook

—¿Hemos llegado a tiempo? ¿Vivirá?

Me paseaba como un león enjaulado. No podía estarme quieto.

Lejeune me observaba con una actitud paciente y cortés.

—Tenga la seguridad de que están haciendo todo lo posible.

La clásica respuesta en estas situaciones. No me consolaba en lo más mínimo.

—¿Ya saben cómo tratar un envenenamiento de talio?

—No es algo muy frecuente. Pero probaron todas las curas posibles. Creo que se salvará.

Lo miré atentamente. ¿Cómo podía saber que me hablaba con franqueza? ¿Intentaba tranquilizarme?

—Han comprobado que se trata de talio, ¿verdad?

—Sí, lo han comprobado.

—Así que esa es la sencilla verdad que se esconde detrás de Pale Horse. Veneno. Nada de brujería, hipnotismo o rayos de la muerte. ¡Puro y simple veneno! Y esa mujer tuvo la desfachatez de decírmelo a la cara. Supongo que por dentro se tronchaba de risa.

—¿De quién está hablando?

—De Thyrza Grey, y la primera tarde que pasé en su casa, cuando fui a tomar el té. Me habló de los Borgia y de todas las historias sobre los «venenos extraños, imposibles de descubrir», los guantes envenenados y demás. «Arsénico vulgar y corriente», afirmó. Y esto era lo mismo. ¡Tanta comedia! El trance de Sybil, el gallo blanco, el brasero, los signos cabalísticos, el crucifijo invertido, todo dedicado a los tontos supersticiosos. Y la famosa «caja» era otra superchería destinada a las mentes modernas. No creemos en los fantasmas ni en las brujas, pero, en cambio, tragamos lo que nos echen cuando nos hablan de «rayos» y «ondas» y fenómenos psicológicos. Apuesto lo que sea a que esa caja no es más que un engañabobos hecho con bombillas de colores y válvulas que zumban. Como vivimos atemorizados por las lluvias radiactivas, las pruebas nucleares y otras tantas novedades, nos sentimos cautivados por cualquier jerga científica. ¡Pale Horse era una añagaza! Solo servía para llamar la atención e impedir que nadie advirtiera lo que pasaba en otra dirección. Y lo maravilloso es que no le planteaba ningún riesgo. Thyrza Grey podía alardear, hablar de poderes ocultos. ¡Nadie la acusaría de asesinato solo porque proclamaba tener el poder! Y la famosa caja era tan inofensiva como una tragaperras. Cualquier tribunal lo habría juzgado un disparate imposible. Efectivamente, eso es lo que era.

—¿Cree que las tres mujeres están en el ajo?

—En mi opinión, no. Yo diría que Bella cree de veras en la brujería. Está segura y se enorgullece de sus poderes. Lo mismo le pasa a Sybil. Es una auténtica médium. Una vez en trance ya no se da cuenta de lo que sucede a su alrededor. Y cree en todo lo que le dice Thyrza.

—Así pues, Thyrza es el espíritu dominante, ¿verdad?

—En lo que se refiere a Pale Horse, sí. Pero Thyrza no es el cerebro de la organización. El auténtico cerebro continúa en la oscuridad. Es él quien planea y dirige. Todo está muy bien ensamblado. Cada uno tiene su misión y nadie sabe nada de los demás. A cargo de Bradley corren los asuntos financieros y legales. Aparte de eso, él ignora lo que ocurre más allá de su despacho. Está espléndidamente remunerado, lo mismo que Thyrza Grey.

—Parece tenerlo todo bien atado —mencionó Lejeune secamente.

—No, todavía no. Pero conocemos el hecho fundamental. El mismo que se ha utilizado durante siglos. Simple y vulgar. El manido veneno.

—¿Qué le hizo pensar en el talio?

—Coincidieron varias cosas. Todo comenzó aquella noche cuando vi como le arrancaban el pelo a una muchacha en el transcurso de una riña. Cuando le hicieron la observación, ella dijo: «No, no me ha dolido». No era valentía, como pensé entonces, sino la constatación de un hecho. No le había dolido.

»En Nueva York leí un artículo sobre el envenenamiento por talio. En una fábrica murieron varios trabajadores. Esas muertes se atribuyeron a causas muy diversas. Entre ellas, si no recuerdo mal, estaban el tifus, la apoplejía, la neuritis alcohólica, la parálisis, la epilepsia, la gastroenteritis, etcétera. Luego hubo una mujer que envenenó a siete personas. Los diagnósticos aludían a tumores cerebrales, encefalitis y neumonía. Los síntomas variaban enormemente. Podían empezar con diarreas y vómitos, dolores en las piernas, y que los diagnosticaran como polineuritis, fiebre reumática o polio. A uno de los pacientes del caso lo metieron en un pulmón artificial. En ocasiones, se presenta una pigmentación en la piel.

—¡Habla usted como un diccionario médico!

—Naturalmente. Lo he consultado. Pero hay algo que ocurre siempre: el pelo se cae. El talio fue usado como depilatorio en otros tiempos, sobre todo cuando los chiquillos pillaban hongos. Después se descubrió que era peligroso. Sin embargo, se utiliza ocasionalmente en dosis calculadas según el peso del enfermo. En nuestros días se emplea en la fabricación de raticidas. Es insípido, soluble y fácil de adquirir. Solo hay que tomar una precaución: que la víctima no sospeche.

—Exactamente —asintió Lejeune—. De ahí la insistencia en que el criminal permanezca alejado de la víctima. Evita posibles sospechas. El asesino no ha tenido acceso a la comida o la bebida. No ha comprado talio ni ningún otro veneno. Eso es lo mejor. El trabajo lo realiza otro que no tiene la menor relación con la víctima. Alguien, creo yo, que solo aparece una vez y nada más. ¿Se le ocurre alguna idea?

—Solo una. Hay un factor común a todas las ocasiones. Una encuestadora se presenta con el cuestionario de una empresa de estudios de mercado.

—¿Cree usted que la mujer es quien introduce el veneno? ¿En una muestra?

—No creo que la cosa sea tan sencilla. Me parece que las encuestadoras no son culpables de nada. Pero forman parte del tinglado. Creo que podremos averiguar algo hablando con una tal Eileen Brandon, que trabaja en un café de Tottenham Court Road.

Poppy había descrito correctamente a Eileen Brandon, teniendo en cuenta su particular punto de vista. Su pelo no parecía un crisantemo ni un nido de pájaros. Lo llevaba recogido, apenas si usaba maquillaje y calzaba unos zapatos cómodos. Nos explicó que su esposo había muerto en un accidente de automóvil y la había dejado con dos niños pequeños. Antes de su actual empleo, había trabajado durante más de un año para una firma llamada Customers Reaction Classified. Había abandonado dicha empresa por propia voluntad, porque no le gustaba esa clase de trabajo.

—¿Por qué no le gustaba, Mrs. Brandon? —preguntó Lejeune.

—Inspector de policía, ¿verdad?

—Sí, Mrs. Brandon.

—¿Cree que hay algo raro en esa empresa?

—Es lo que estoy investigando. ¿Sospechó usted algo raro? ¿Por eso se marchó?

—No fue algo concreto. Nada definido que pueda contarle.

—Naturalmente, nos hacemos cargo. Esta investigación es confidencial.

—Lo cierto es que puedo decirles bien poco.

—Pero ¿puede decirnos la razón de su marcha?

—Tenía la impresión de que allí ocurrían cosas de las que yo no llegaba a enterarme.

—¿Pensó que había algo más?

—Algo así. Me pareció que no se llevaba como una

empresa. Sospeché que pudiese ser una pantalla. Pero no imaginé cuál era el objetivo.

Lejeune le formuló varias preguntas más para saber qué clase de trabajo realizaba. Le entregaban listas de nombres de una zona determinada. Su tarea consistía en visitar a estas personas, hacer las preguntas y anotar las respuestas.

—¿Y qué le llamó la atención?

—Las preguntas no parecían seguir una línea determinada. Eran inconexas, casi al azar. Como si fueran un pretexto para encubrir algo más.

—¿No tiene ninguna idea sobre ese algo más?

—No, y me desconcertó.

Hizo una pausa y continuó con un tono de duda.

—Me pregunté si aquello no sería la tapadera de una banda de ladrones. Pero deseché la idea, porque nunca nadie me pidió que describiera las habitaciones, las cerraduras, o si sabía cuándo los ocupantes de los pisos estaban ausentes.

—¿A qué artículos se referían las preguntas?

—Eran muy variados. Cereales, preparados para tartas, jabones y detergentes. Algunas veces eran cosméticos, polvos para la cara, lápices de labios, cremas, etcétera, y otras eran productos farmacéuticos.

—¿En alguna ocasión repartió muestras de algunos de esos productos? —preguntó Lejeune.

—No, no hice nunca tal cosa.

—Usted se limitaba a formular las preguntas y a tomar nota de las contestaciones, ¿no es eso?

—Sí.

—¿Cuál era el objeto concreto del cuestionario?

—Eso fue lo que me pareció extraño. Nunca lo supimos exactamente. Suponíamos que el propósito era informar a los fabricantes, pero todo se hacía de una forma muy poco profesional, sin orden ni concierto.

—¿Sería posible que entre las preguntas hubiese una o varias que fueran el objetivo real?

La mujer pensó unos momentos con el entrecejo fruncido y luego asintió.

—Sí, eso explicaría la elección al azar, pero no podría decir qué pregunta o preguntas eran las importantes.

Lejeune la miró con viveza.

—¿Hay algo más que no nos haya dicho? —señaló amablemente.

—Ese es el caso, que no lo hay. Solo noté algo extraño en todo aquel tinglado. Y más tarde, hablando con una amiga, Mrs. Davis...

—Habló con Mrs. Davis, ¿y...?

La voz de Lejeune no había sufrido la más leve alteración.

—Tampoco ella se encontraba a gusto.

—¿Y por qué razón?

—Había oído algo.

—¿Qué había oído?

—Ya le dije que no podría concretar mucho. No me lo dijo con estas palabras, solo que la empresa tenía toda la pinta de una tapadera: «No es lo que aparenta ser». Eso es lo que dijo, y añadió: «Claro está que no es asunto nuestro. Nos pagan bien y nadie nos pide que hagamos nada ilegal. Así que no veo por qué tenemos que rompernos la cabeza».

—¿Eso fue todo?

—Hubo algo más. No sé a qué se refería, pero mi amiga mencionó: «A veces pienso que soy la peste». Y en aquel momento no entendí de qué hablaba.

Lejeune sacó un papel y se lo entregó.

—¿Le suena alguno de esos nombres? ¿Recuerda si visitó a alguna de esas personas?

—Es imposible que me acuerde. ¡Fueron tantas las visitas que hice! —Se calló un momento para repasar la lista y después dijo—: Ormerod.

—¿Recuerda a un Ormerod?

—No, pero Mrs. Davis lo mencionó una vez. Murió de repente, ¿verdad? Hemorragia cerebral.

»Ella se alteró muchísimo: «Hace quince días figuraba en mi lista de visitas», me comentó. «Parecía gozar de una salud perfecta.» Después de eso fue cuando dijo aquello de ser la peste. «Algunos de los que visito se mueren en cuanto me han echado una ojeada.» Se rio de su comentario y dijo que aquello era una coincidencia. Aunque no creo que le gustara mucho. En cualquier caso, no pensaba preocuparse.

—¿Y eso fue todo?

—Pues...

—Cuénteme.

—Ocurrió más adelante. Hacía tiempo que no nos veíamos. Nos encontramos en un restaurante del Soho. Le dije que había abandonado la CRC y que había conseguido otro empleo. Me preguntó por qué, y le respondí que me preocupaba no saber lo que había detrás. Respondió: «Quizá hayas obrado con prudencia. Claro que pagan bien y se trabaja poco. Además, en esta vida hay que arriesgarse. Yo nunca he tenido mucha suerte, y ¿por qué voy a preocuparme de lo que les pasa a los demás?». Le repliqué: «No sé de qué me estás hablando. ¿Qué tiene de malo esta empresa?». Y ella contestó: «No estoy segura, pero el otro día reconocí a una persona que salía de una casa, donde no tenía nada que hacer, llevando una caja de herramientas. Me gustaría saber qué estaba tramando». También me preguntó si había conocido a una mujer que regentaba un lugar llamado Pale Horse. Le pregunté qué tenía que ver Pale Horse con todo esto.

—¿Y cuál fue su respuesta?

—Se echó a reír y me dijo: «Lee tu Biblia». No entendí a qué se refería. Aquel fue nuestro último encuentro. No sé qué ha sido de ella, si sigue en la CRC o ha dejado la empresa.

—Mrs. Davis murió.

Eileen Brandon pareció sobresaltarse.

—¡¿Ha muerto?! Pero ¿de qué?

—De neumonía, hace dos meses.

—¡Oh! Lo siento.

—¿Puede decirnos algo más, Mrs. Brandon?

—Me temo que no. He oído mencionar Pale Horse a otras personas, pero si les preguntas se callan. Se asustan.

Mrs. Brandon parecía inquieta.

—Yo no quiero verme mezclada en un asunto peligroso, inspector Lejeune. Tengo dos niños pequeños. Sinceramente, no sé más que lo que le he contado.

Él la miró atentamente y dejó que se marchara.

—Esto nos lleva un poco más lejos —dijo Lejeune en cuanto Eileen Brandon se marchó—. Mrs. Davis llegó a saber demasiado. Intentó no ver lo que estaba sucediendo, pero debía de tener bastante claro cuál era la realidad. De pronto cayó enferma y, al ver que no tardaría en morir, llamó a un sacerdote y le puso al corriente de todo. Mi pregunta es: ¿qué llegó a averiguar? Las personas de esa lista son las que ella visitó y murieron posteriormente. De ahí el comentario sobre la peste. La pregunta importante es: ¿a quién reconoció cuando salía de una casa en la que no se explicaba su presencia? ¿Quién era el individuo que pretendía hacerse pasar por un operario y qué tramaba en aquel lugar? Aquel descubrimiento la convirtió en un peligro. Si ella lo reconoció, el otro debió de reconocerla también, y si se lo dijo al padre Gorman, lo lógico es que la mataran antes de que divulgara el secreto.

El inspector Lejeune me miró.

—Está usted de acuerdo conmigo, ¿verdad? De esta forma se produjeron sin duda los acontecimientos.

—Oh, sí, lo estoy.

—¿Tiene usted alguna idea respecto a la identidad de ese hombre?

—La tengo, pero...

—Lo sé. No poseemos ni una sola prueba.

Lejeune guardó silencio unos segundos. Luego se puso en pie.

—Lo pillaremos, no tenga usted ninguna duda. En cuanto sepamos con certeza quién es, y siempre hay algún medio. ¡Y los probaremos todos!

Capítulo 23

Relato de Mark Easterbrook

Unas tres semanas más tarde, un coche se detuvo frente a la puerta principal de Priors Court. Se apearon cuatro hombres. Uno de ellos era yo. Se encontraban presentes el inspector Lejeune y el sargento Lee. El cuarto hombre era Osborne, que apenas podía contener su entusiasmo.

—No vaya usted a irse de la lengua —le previno Lejeune.

—Descuide, inspector. Puede contar conmigo por completo. No diré una palabra.

—Recuérdelo.

—Esto para mí es un privilegio, un gran privilegio, aunque no comprendo del todo...

Pero nadie estaba para dar explicaciones en aquellos momentos.

Lejeune tocó el timbre y preguntó por Mr. Venables.

Entramos los cuatro como si fuéramos una banda de forajidos.

Si Venables se vio sorprendido por nuestra visita, no lo demostró. Sus modales fueron extremadamente corteses. En el momento en que apartaba la silla de ruedas para ampliar el círculo a su alrededor, me dije que su aspecto no tenía nada de corriente. La nuez prominente, que bajaba y subía entre las puntas del anticuado cuello de su camisa, el perfil con la nariz curvada, como el pico de un ave de presa.

—Me alegro de verle, Easterbrook. Al parecer pasa mucho tiempo en este rincón del mundo.

Advertí un tonillo malicioso en su voz.

—Y el inspector Lejeune, ¿verdad? He de admitir que su presencia en mi casa despierta mi curiosidad. Estos pueblos son pacíficos, están libres de crímenes y, sin embargo, me visita un inspector. ¿En qué puedo servirle?

—Hay una cosa en la que su colaboración, Mr. Venables, puede sernos de gran utilidad —replicó Lejeune.

—Esto me suena conocido. Veamos en qué forma creen que puedo ayudarles.

—El día siete de octubre un sacerdote, el padre Gorman, fue asesinado en West Street, Paddington. Me han informado de que usted se encontraba por allí, entre las siete cuarenta y cinco y las ocho y cuarto de la noche. ¿No podría haber visto algo relacionado con aquel suceso?

—¿Estaba yo en aquel sitio a la hora que dice? Lo dudo, y mucho. Por lo que yo recuerdo no he estado nunca en ese barrio de Londres. Le hablo de memoria, pero creo que ni siquiera visité la capital aquel día. Voy a Londres solo cuando se me presenta la oportunidad de participar en una subasta interesante o con el fin de ver a mi médico para una revisión.

—Su médico, sir William Dudgale, de Harley Street, ¿verdad?

Venables miró fríamente a su interlocutor.

—Está usted bien informado, inspector.

—No tanto como a mí me gustaría. Lamento que no pueda ayudarme como esperaba. Le daba una explicación sobre los hechos relacionados con el asesinato del padre Gorman.

—Adelante. Es un nombre que no había oído mencionar hasta ahora.

—Llamaron al padre Gorman aquella noche de niebla para asistir a una mujer moribunda. Ella formaba parte de una organización criminal, al principio sin darse cuenta, pero luego ciertas cosas le hicieron sospechar la gravedad del asunto. Era una organización especializada en la eliminación de personas a cambio de unos cuantiosos honorarios.

—La idea no es nueva —murmuró Venables—. En Estados Unidos...

—Esta organización tenía algunos rasgos peculiares. Las eliminaciones se producían a través de lo que podríamos llamar medios psicológicos. Se estimulaba el «deseo de la muerte», presente en todo ser humano.

—Y la víctima, para no hacerles un feo, ¿se suicidaba? Parece demasiado bueno como para ser verdad.

—Nada de suicidio, Mr. Venables. La persona en cuestión muere de muerte natural.

—Vamos, vamos. ¿Cree usted realmente en eso? ¡Se contradice con la actitud habitual de nuestros tercos policías!

—Se dice que la sede de la organización está en un lugar llamado Pale Horse.

—¡Ah! Ahora lo empiezo a comprender. Eso es lo que le ha traído hasta nuestro pueblo. ¡Mi amiga Thyrza

Grey y todas sus disparatadas teorías! Nunca he conseguido averiguar si cree verdaderamente lo que dice. Pero todo eso es pura insensatez. Thyrza dispone de una estúpida amiga médium, y la bruja de la localidad le prepara la comida. Hay que ser muy valiente, cualquier día te echa cicuta en la sopa. Las tres mujeres disfrutan de una especial reputación. Todo muy inquietante en apariencia. Pero, inspector, ¡no me diga que Scotland Yard o de donde sea que usted proceda se ha tomado la cosa en serio!

—Nos la hemos tomado muy en serio, Mr. Venables.

—¿Cree que las tonterías que recita Thyrza Grey, el trance de Sybil y la magia negra de Bella dan como resultado la muerte de alguien?

—No, Mr. Venables. La causa de la muerte es más sencilla. —Lejeune hizo una pausa—. Esta se produce por envenenamiento con talio.

Hubo una pausa.

—¿Qué ha dicho usted?

—Sí, envenenamiento por sales de talio. Muy sencillo y expeditivo. Claro que hay que disimularlo, y ¿qué más apropiado que una tramoya pseudocientífica y psicológica llena de la jerga apropiada y reforzada por las viejas supersticiones? Todo calculado para distraer la atención del hecho de la administración del veneno.

—Talio. —Venables frunció el entrecejo—. En mi vida he oído hablar de esa sustancia.

—¿No? Se usa mucho en la fabricación de raticidas y también como remedio para los hongos en niños. Es fácil de obtener. Y da la casualidad de que en el cobertizo de su jardín hay un paquete con sales de talio.

—¿En mi cobertizo? Me parece muy poco probable.

—Pues allí está. Lo hemos comprobado.

Venables parecía ligeramente nervioso.

—Alguien tuvo que ponerlo allí. Yo no sé nada de eso, nada en absoluto.

—¿De veras? Usted es un hombre bastante rico, ¿no es así, Mr. Venables?

—¿Qué tiene eso que ver con lo que estábamos hablando?

—Según creo, Hacienda le estuvo investigando. Querían saber, si no me equivoco, la fuente de sus ingresos.

—Lo peor de vivir en Inglaterra son los impuestos. Estoy meditando muy en serio irme a vivir a las Bermudas.

—No creo que pueda ir a las Bermudas en una buena temporada, Mr. Venables.

—¿Es eso una amenaza, inspector? Porque de ser así...

—No, no, Mr. Venables. Solo es una opinión. ¿No le gustaría saber cómo funcionaba el negocio?

—Le veo muy decidido a explicármelo.

—Todo está muy bien organizado. Los detalles financieros corren a cargo de un exabogado, un tal Bradley, que tiene un despacho en Birmingham. Los posibles clientes le visitan allí. Apuestan sobre las probabilidades de morir que tiene una persona dentro de cierto período de tiempo. Bradley, que es un fanático de las apuestas, se muestra habitualmente pesimista. El cliente, en cambio, suele presentarse más esperanzado. Si Bradley gana la apuesta y uno no quiere que le suceda algo desagradable, hay que pagar la suma especificada. Ese es todo el trabajo de Bradley, concertar una apuesta. Muy sencillo, ¿no?

»El cliente visita después Pale Horse. Allí Miss Thyrza Grey y sus dos amigas representan una comedia a fin de impresionarle en la forma y medida que interesa.

»Examinemos ahora los simples hechos detrás del escenario.

»Unas mujeres, empleadas *bona fide* de una de las muchas firmas dedicadas a efectuar estudios de mercado, se encargan de visitar a los vecinos de un barrio determinado con un cuestionario en la mano. ¿Qué pan prefiere usted? ¿Qué artículos de tocador y qué cosméticos? Las preguntas incluyen los laxantes, tónicos, sedantes, medicamentos para facilitar la digestión, etcétera. La gente en nuestros días está acostumbrada a responderlas. Raras veces se oponen.

»Así se llega al último peldaño. ¡Sencillo, audaz, exitoso! La única acción realizada personalmente por el hombre que concibió el plan. Puede ser que vista un uniforme de portero o que se presente para leer el contador del gas, o como fontanero, electricista o lo que sea. Pero tendrá las identificaciones en regla, por si alguien se las pide. Sin embargo, casi nadie lo hace. El objetivo es bien simple: sustituir un producto de los utilizados normalmente en la casa, conocido gracias al cuestionario, por otro de los que lleva encima. Quizá se entretenga examinando las tuberías o los contadores, pero eso no será el objetivo real. Una vez logrado su propósito, se va, y ya nadie lo vuelve a ver por la vecindad.

»Tal vez no ocurra nada en el transcurso de unos días. Pero, antes o después, la víctima presenta síntomas de hallarse enferma. Llama a su médico, pero no hay razón para sospechar que se trata de algo fuera de lo normal. Quizá pregunte qué ha comido o bebido su paciente, pero es improbable que desconfíe de un producto usado durante años.

»¿Se da cuenta de lo ingenioso del plan, Mr. Venables? La única persona que sabe qué hace el jefe de la organización es el mismo hombre, el jefe de la organización. Nadie podrá denunciarlo.

—¿Cómo ha llegado usted a averiguar todas esas cosas? —preguntó Venables serenamente.

—Cuando sospechamos de una persona disponemos siempre de medios para comprobarlo.

—¿Sí? Deme un ejemplo.

—No es posible mencionarlos todos. Existen dispositivos ingeniosos: la cámara fotográfica, por ejemplo. Se puede fotografiar a un individuo sin que este lo advierta. Tenemos unas excelentes imágenes de un portero, un empleado de la compañía de gas, etcétera. Hay quien recurre a barbas y bigotes postizos, pero nuestro hombre ha sido identificado fácilmente, primero por Mrs. Easterbrook, alias Katherine Corrigan, y después por una mujer llamada Edith Binns. Las identificaciones son siempre interesantes, Mr. Venables. Por ejemplo, este caballero, Mr. Osborne, está dispuesto a jurar que lo vio a usted siguiendo al padre Gorman por Barton Street el día siete de octubre a las ocho de la noche, aproximadamente.

—Y, efectivamente, ¡lo vi! —exclamó Osborne, inclinándose hacia delante—. ¡Lo describí a usted exactamente!

—Demasiado exactamente tal vez. Porque la verdad es que usted no vio a Mr. Venables aquella noche cuando estaba en la puerta de su farmacia. Usted no se encontraba allí, sino al otro lado de la calle. Siguió al padre Gorman hasta que giró en dirección a West Street, y entonces lo mató.

—¿Qué? —exclamó Osborne.

Aquello resultaba ridículo. ¡Era ridículo! La mandíbula caída, los ojos desorbitados.

—Mr. Venables, permítame presentarle a Mr. Zachariah Osborne, farmacéutico hasta hace poco de Barton Street, Paddington. Se sentirá usted particularmente interesado cuando sepa que Mr. Osborne, que ha estado sometido a estrecha vigilancia durante algún tiempo, cometió la imprudencia de depositar un paquete de sales de talio en el cobertizo de su jardín. Ignorante de su enfermedad, quiso divertirse asignándole el papel de villano. Luego, en una actitud tan obstinada como estúpida, se negó a reconocer que había metido la pata.

—¿Estúpido? ¿Se atreve usted a llamarme estúpido? Si supiera... Si tuviera la más mínima idea de lo que he hecho, de lo que soy capaz de hacer, yo...

Osborne se interrumpió ahogado por la rabia.

Lejeune lo observó cuidadosamente. Me recordó a un pescador.

—No debería haberse pasado de listo —le dijo a Osborne en tono de reproche—. Si se hubiera limitado a seguir tranquilamente en su establecimiento, con la boca cerrada, yo no me encontraría aquí ahora, advirtiéndole, como es mi deber, que cualquier cosa que diga puede ser utilizada en su contra.

Fue entonces cuando Osborne comenzó a chillar.

Capítulo 24

Relato de Mark Easterbrook

—Mire, Lejeune, hay muchas cosas que quiero saber.

Cubiertas las formalidades de rigor, tenía a Lejeune a mi disposición. Estábamos en un pub tomando unas cervezas.

—Me lo figuro, Mr. Easterbrook. Me imagino que fue toda una sorpresa.

—Ciertamente. Yo estaba obsesionado con Venables. Usted nunca me hizo la menor sugerencia.

—No podía permitírmelo, Mr. Easterbrook. Estas cosas es mejor guardárselas. Resultan delicadas. La verdad es que no teníamos gran cosa para continuar. Por eso montamos la comedia con la colaboración de Venables. Teníamos que llevarle de la mano y atacarle repentinamente para desconcertarlo. Y todo salió bien.

—¿Está loco ese tipo?

—Diría que ahora sí. No lo estaba al principio, por supuesto, pero fue en aumento. Matar gente le hizo sentirse poderoso y con dominio sobre la vida. Se sintió como Dios Todopoderoso, cuando en realidad no lo era. Al verse descubierto se convirtió en un desecho humano. Cuando le presentaron los hechos, su orgullo no lo soportó. De ahí los chillidos, los delirios, los alardes de grandeza, los lloros. Bueno, ya lo ha visto usted.

Asentí.

—De manera que Venables se prestó a esa comedia. ¿Lo hizo de buen grado?

—Creo que le divertía. Además, tuvo la impertinencia de decir que era justo devolver golpe por golpe.

—¿Qué quiso decir con esa críptica alusión?

—No debería decírselo, esto es extraoficial. Hace unos ocho años hubo una serie de atracos en bancos. La misma técnica cada vez. Y los autores consiguieron escapar. Los golpes fueron muy bien planeados por alguien que no intervenía personalmente. Ese hombre se hizo con una gran fortuna. Teníamos nuestras sospechas, pero nunca pudimos probarlas. El hombre era demasiado inteligente para nosotros, sobre todo desde el punto de vista financiero. Por otro lado, tuvo el acierto de no seguir tentando a la suerte. No pienso decirle más. Se trataba de un pícaro inteligente, pero no de un asesino. Nadie perdió la vida.

Mi atención se concentró de nuevo en Zachariah Osborne.

—¿Sospechó usted siempre de Osborne? ¿Desde el principio?

—La verdad es que él mismo atrajo nuestra atención. Como ya le dije, de haber continuado tranquilamente al frente de su establecimiento sin abrir la boca, nunca hubiéramos sospechado que un respetable farmacéutico como Zachariah Osborne tuviese algo que ver con nuestro caso. Pero hay un detalle curioso: los asesinos nunca adoptan esa actitud. Podrían quedarse tranquilamente sentados en la seguridad de sus hogares, pero nunca lo hacen. Sinceramente, ignoro el porqué.

—Esa ansia inconsciente de la muerte. Una variante del tema de Thyrza Grey.

—Cuanto antes se olvide usted de Thyrza Grey y de las cosas que le dijo, mejor —afirmó Lejeune con seriedad—. No, lo atribuyo todo a la soledad. El saberse extraordinariamente inteligente, pero no poder hablarle a nadie de sus portentosas facultades.

—Todavía no me ha dicho cuándo comenzó a sospechar de Osborne.

—En cuanto empezó a mentir. Rogamos a cuantos hubieran visto al padre Gorman la noche en que fue asesinado que contactaran con nosotros. Osborne se presentó y su declaración fue una descarada mentira. Había visto a un hombre siguiendo al sacerdote y lo describió. Ahora bien, en una noche de niebla como la del crimen, era imposible distinguir los rasgos de un desconocido en la acera opuesta. Quizá se podía ver una nariz muy prominente, pero no la nuez. Eso era pretender demasiado. Por supuesto podía ser una mentira inocente, solo para darse importancia. Hay mucha gente así. Pero el hecho hizo que mi atención se concentrara en Osborne. En realidad, era una persona bastante curiosa. Enseguida comenzó a hablar de sí mismo. Una imprudencia. Se retrató como alguien deseoso de ser más importante de lo que era. No tenía bastante con la vieja farmacia de su padre. Osborne probó suerte en el mundo del espectáculo, pero, como es obvio, no tuvo éxito. Probablemente yo diría que porque no podía encargarse de la dirección. Nadie iba a decirle a él cómo había de representar determinado papel. Creo que fue sincero al contar que una de sus ambiciones era la de figurar como testigo en un proceso criminal, identificando al comprador de un veneno. Me parece que su mente iba por esos derroteros. Ignoramos, naturalmente, en qué momento se le ocurrió a Osborne la idea de que podía llegar a convertirse en un criminal notable, un hombre tan inteligente que nunca tuviera que verse frente a la justicia.

»Pero eso son todo suposiciones. Volvamos atrás. La descripción del hombre visto por Osborne era interesante. Correspondía, evidentemente, a una persona real, alguien que había visto anteriormente. Describir a una persona constituye un ejercicio muy difícil. Hay que fijarse muy bien en los ojos, en la nariz, la barbilla, las orejas y todo lo demás. Si lo prueba, verá que inconscientemente comienza a describir a una persona que ha visto en alguna parte, en un tranvía, en un tren o en un autobús. La descripción de Osborne era la de un hombre de características poco comunes. Yo diría que vio a Venables sentado en su coche en Bournemouth, y que le sorprendió su aspecto. Si fue así, no tuvo ocasión de descubrir que era inválido.

»Otra de las razones de mi interés por Osborne fue que era farmacéutico. Pensé que nuestra lista podría tener relación con el tráfico de drogas. Realmente no fue así y, por consiguiente, me habría olvidado de Osborne de no haberse empeñado en continuar en primer plano. Deseaba saber qué hacíamos nosotros. Por lo tanto, me escribió para contarme que había visto a su hombre en una feria parroquial en Much Deeping. Aún no sabía que Mr. Venables es una víctima de la parálisis. Al averiguarlo, no tuvo el sentido común suficiente para callarse. Obraba impulsado por su vanidad, un rasgo típico en los criminales. No estaba dispuesto a admitir su error. Se aferró a lo dicho como un necio, desarrollando todo género de absurdas teorías. Visité a Osborne en Bournemouth. El nombre de su casa era aleccionador: Everest. Y en el vestíbulo tenía una fotografía de la montaña. Me dijo que le interesaba muchísimo la exploración del Himalaya. Esas eran las bromas que le gustaban. Everest. Esa era su actividad, su profesión. Osborne proporcionaba a la gente el eterno descanso mediante el pago de determinada cantidad. La idea es excelente, hay que admitirlo. Todo perfectamente planeado. Bradley al frente del despacho de Birmingham, Thyrza Grey se encargaba de las *séances* en Much Deeping. ¿Quién iba a sospechar que Osborne estaba relacionado con Thyrza, Bradley o la víctima? Rematar el crimen era un juego de niños para el farmacéutico. Como ya he dicho, si Osborne hubiese mantenido la boca cerrada...

—¿Y qué hacía con el dinero? Al fin y al cabo, supongo que lo haría por dinero.

—Desde luego, lo hacía por dinero. Se había dejado llevar por su fantasía, indudablemente. Quería viajar, divertirse, ser una persona rica, importante. Pero en realidad no era la persona que él pensaba. En mi opinión, su sentido del poder se vio excitado por la ejecución de los crímenes. Se le subió a la cabeza. Gozaba sabiéndose el personaje principal, la figura central, hacia la cual se volvían todos los ojos.

—¿Qué hacía con el dinero?

—¡Oh! Es muy sencillo. Lo sospeché al ver el mobiliario de su casa. Osborne era un miserable. Amaba el dinero, lo ambicionaba con todas sus fuerzas, pero no para gastarlo. La casa apenas tenía muebles, todos adquiridos por poco dinero en las subastas. Le gustaba solo por el placer de tenerlo.

—¿Quiere decir que se limitaba a ingresarlo en el banco?

—No, no. Me imagino que acabaremos por encontrarlo escondido en la casa, enterrado debajo de las losas.

Lejeune y yo permanecimos unos momentos en silencio mientras pensábamos en aquella extraña criatura que era Zachariah Osborne.

—El doctor Corrigan —explicó el inspector con aire soñador— sostendrá que la conducta del farmacéutico obedece a un mal funcionamiento de cualquier glándula. Yo soy un hombre sencillo que solo piensa que es un mal tipo. Lo que no entiendo es lo siguiente: ¿cómo puede un individuo ser tan inteligente y tan necio a la vez?

—Uno se imagina una gran mente maestra como la siniestra encarnación del mal.

Lejeune meneó la cabeza.

—Nada de eso. El mal no tiene nada de sobrehumano, sino que más bien es algo infrahumano. El criminal quiere siempre ser importante, pero no lo conseguirá jamás porque siempre será menos que un hombre.

Capítulo 25

Relato de Mark Easterbrook

En Much Deeping todo iba volviendo a la normalidad.

Rhoda se ocupaba de curar a sus perros. Esta vez creo que los estaba desparasitando. Levantó la vista cuando me acerqué y me preguntó si quería ayudarla. Me negué discretamente y le pregunté dónde estaba Ginger.

—Ha ido a Pale Horse.

—¿Qué?

—Dijo que tenía algo que hacer allí.

—¡Pero si la casa está vacía!

—Ya lo sé.

—Lo único que conseguirá es fatigarse. Todavía está débil.

—No te pongas nervioso, Mark. Ginger se siente muy bien. ¿Has visto el nuevo libro de Mrs. Oliver? Se titula *La cacatúa blanca.* Lo tienes ahí dentro, encima de la mesa.

—Dios bendiga a Ariadne. Y a Edith Binns también.

—¿Quién es Edith Binns?

—La mujer que identificó a un hombre en una fotografía. Y la fiel servidora de mi difunta madrina.

—Nada de lo que dices parece tener sentido. ¿Qué te pasa?

No le contesté. Decidí encaminarme a Pale Horse.

Poco antes de llegar allí me encontré con Mrs. Calthrop.

Me saludó cordialmente.

—Me comporté como una estúpida en todo momento —dijo la esposa del pastor— al dejarme llevar por las apariencias.

Mrs. Calthrop extendió el brazo en dirección al antiguo hostal vacío y tranquilo bajo los rayos del sol de los últimos días de otoño.

—La iniquidad nunca tuvo allí su morada, en el sentido en que nosotros suponíamos. Nada de tratos con el diablo, nada de oscuros y malignos esplendores. Solo trucos de salón hechos a cambio de dinero, con absoluto desprecio de la vida humana. Ahí es donde reside la auténtica iniquidad, lo verdaderamente maligno. Nada grande o trascendente. Solo cosas insignificantes y mezquinas.

—Parece ser que usted y el inspector están de acuerdo en muchos aspectos.

—Me gusta ese hombre —dijo Mrs. Calthrop—. Bueno, Easterbrook, acérquese a Pale Horse si desea ver a Ginger.

—¿Qué hace allí?

—Limpiando algo.

Cruzamos la entrada. Dentro olía a trementina. Ginger estaba atareada, manejando trapos y botellas. Al entrar nosotros, levantó la cabeza. Estaba aún muy delgada y pálida. Llevaba un gorro, el cual le cubría aquella parte de la cabeza en la que el pelo no había crecido todavía. Un fantasma de la Ginger que yo había conocido pocas semanas atrás.

—Está muy recuperada —dijo Mrs. Calthrop, adivinando, como de costumbre, mis pensamientos.

—¡Miren! —exclamó Ginger triunfalmente.

Señaló el viejo rótulo en el que había estado trabajando.

Limpia la capa de mugre, se veía claramente la figura del jinete, montado en el caballo bayo: un esqueleto de brillantes huesos.

La voz de Mrs. Calthrop sonó a mis espaldas, profunda, sonora.

—Revelación, capítulo sexto, versículo octavo: «Y miré y vi un caballo bayo: y la Muerte era el jinete que lo cabalgaba y el infierno seguía con ella...».

Guardamos silencio unos instantes y después Mrs. Calthrop, a quien no le asustaban los anticlímax, dijo, adoptando el tono de una persona dispuesta a arrojar algo al cesto de los papeles:

—Así pues, eso era todo. —Y añadió—: Tengo que irme. Me espera la reunión de madres de familia.

Al llegar a la puerta se detuvo, miró a Ginger y dijo inesperadamente:

—Serás una buena madre.

Ginger su puso roja como un tomate.

—Ginger, ¿querrás serlo?

—¿El qué? ¿Ser una buena madre?

—Sabes a lo que me refiero.

—Quizá, pero prefiero una oferta en firme.

Naturalmente, se la formulé.

Tras un discreto intervalo, Ginger me preguntó:

—¿Estás seguro de que no quieres casarte con Hermia?

—¡Santo Dios! Me había olvidado por completo de ella.

Le enseñé una carta que llevaba en el bolsillo.

—Llegó hace tres días. Quiere saber si la acompañaré al Old Vic para ver *Trabajos de amor perdidos*.

Ginger cogió la carta y la rompió en pedazos.

—Si quieres ir al Old Vic, de ahora en adelante irás conmigo.

Agatha Christie
TRES RATONES CIEGOS

Agatha Christie
MUERTE BAJO EL SOL

Agatha Christie
EN EL HOTEL BERTRAM

Agatha Christie
LA CASA TORCIDA

Agatha Christie
EL MISTERIO DE LA GUÍA DE FERROCARRILES

Agatha Christie
EL ESPEJO SE RAJÓ DE LADO A LADO

Agatha Christie
EL MISTERIOSO CASO DE STYLES

Agatha Christie
LOS CUATRO GRANDES

Agatha Christie
ASESINATO EN MESOPOTAMIA

Agatha Christie
EL CASO DE LOS ANÓNIMOS

Agatha Christie
NÉMESIS

Agatha Christie
Y NO QUEDÓ NINGUNO

Agatha Christie
PROBLEMA EN POLLENSA

Agatha Christie
LAS MANZANAS

Agatha Christie
EL TRUCO DE LOS ESPEJOS

Agatha Christie
CARTAS SOBRE LA MESA

Agatha Christie
HACIA CERO

Agatha Christie
EL TESTIGO MUDO

Agatha Christie
MATAR ES FÁCIL

Agatha Christie
TERCERA MUCHACHA

Agatha Christie
EL MISTERIO DE LAS SIETE ESFERAS

Agatha Christie
EL MISTERIO DE PALE HORSE